天　国　街　道

tengoku-kaido

結核療養所　保生園の日々

新井義也

英治出版

看護婦寮の下、雑木林の中、一筋の小道がその奥に消えていく。吾々はそれを天国街道と呼ぶ。

道の先には、霊安室と解剖室が一棟の建物で建てられてあり、死者たちはこの街道を、雑役の人の担う担架で運ばれていく。私たちの窓からはその様子が具《つぶさ》に見えるのであった。

（本文より）

天国街道

目次

第一章　死病との出会い

第二章　煉獄

第三章　死と生と

第四章　天国街道

天国街道

結核療養所　保生園の日々

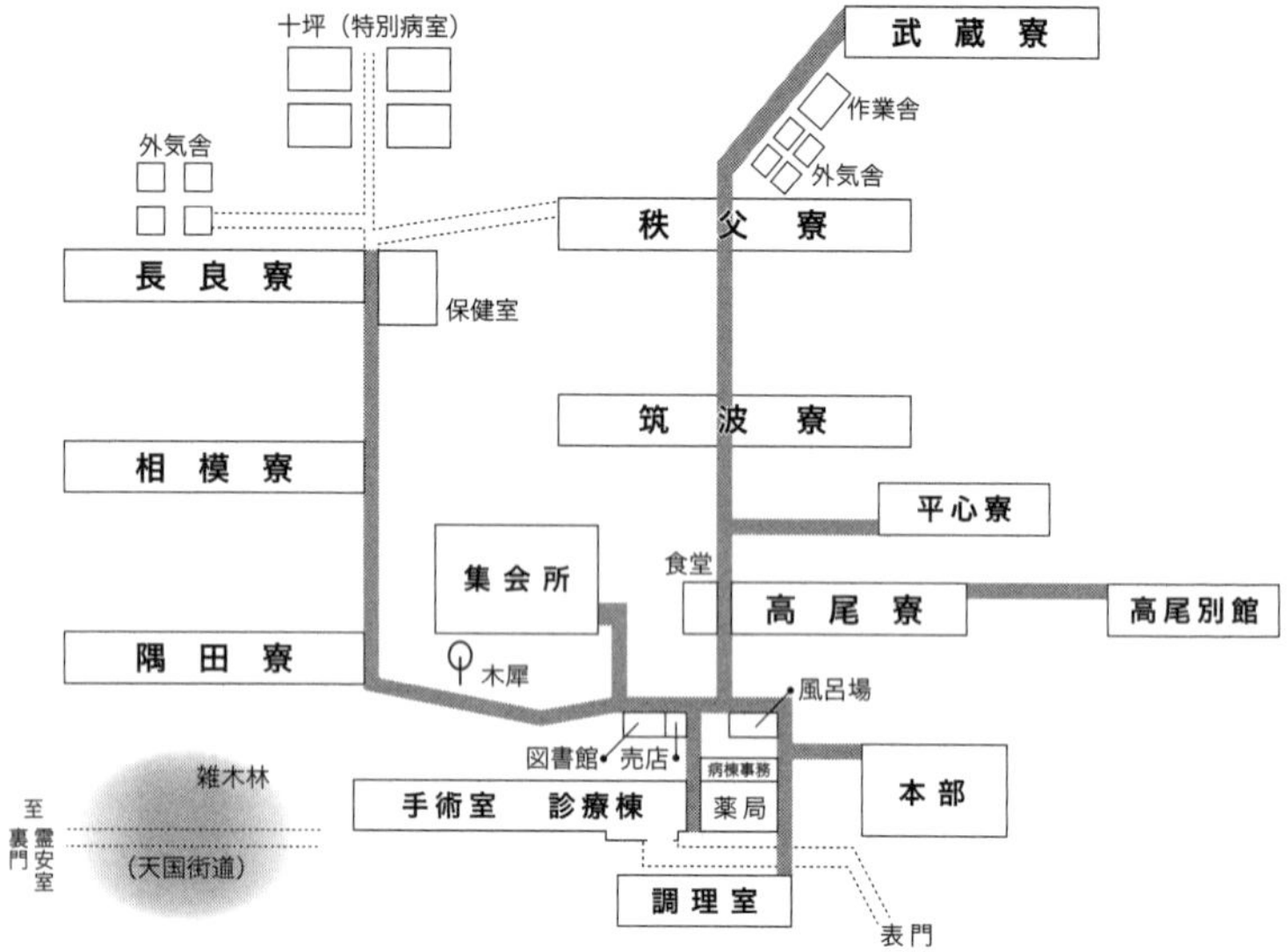

◆ 保生園 全景 （筆者の手記より）

第一章

死病との出会い

入院

その町は、夏の午後の暑い日射しの中に、すっかり乾ききって眠っていた。自動車の轍《わだち》に、あちこち浅く抉《えぐ》られた駅前通りは、時折吹いてくる風に阿《おもね》るように、小さな砂埃を舞い上げている。

私たちは、線路沿いの道のはずれを左に、さらに家並みの切れたあたりから一続きになっている畠の中の道を右に曲がる。生垣に囲まれた農家の庭の先、道一杯に覆い被さるように茂る孟宗竹《もうそうちく》の一群《ひとむら》が、強い日射しから私たちを守ってくれて、ほんの少しの時間だが憩いの場所を与えている。

戦争が激しくなった頃から廃線になっている貯水池行の単線の踏み切りを越え、真っすぐに伸びた道の行く手には、狭山の丘陵が乾いた青い姿で長く横たわっていた。

その丘陵の南斜面にへばりつくように点々と繋がる白い建物たち、それが私の終《つい》に辿り着くべき保生園である。

外来診察室。微熱を伴った肌に触れる聴診器のヒンヤリとした感触が、今日まで、昼となく夜となく、飽くことなく不安と絶望を与え続けてきた私の肺に、一瞬の安堵と安らぎを与えてくれる。

高尾寮　五号室。

これからの生活、私の二十年の人生における最後《いやはて》の場所となるかも知れないところである。

私が導かれたこの病室は六人部屋で、真中に二メートル×一メートル程のテーブルがあり、両側にベッドが三つずつ置かれてある。廊下に面して一つだけ空いているベッドの脇の床頭台に、私は持参した荷物を置く。

付き添って来てくれた母や宮田ヂイサンの帰ったあと、すっかり歪んでしまっている藁《わら》ベッドの上に持参の蒲団を敷く。テックス張りの天井には雨の染みがさまざまな象形を描き出している。仰きになってそれを眺めていると、ひしひしとした孤独が迫り、遣《や》りきれない程の敗北感に不覚の涙が出た。

診療棟に繋がる廊下のあたり、けたたましく怒鳴る男の声で私は浅い眠りを覚まされた。

午後五時。

同室の先輩たちは、

「さあ、食事だ」

と、一様にベッドから起きだす。

慶應大学の学生で、あと数日で退院するという隣のベッドの田中さんが、

「あの声はね、賄いの安さんといって、脳が少し可笑《おか》しいのだけれど病院の名物男

ですよ。力があるので配膳車を押し上げる役です」

と教えてくれた。

夕食の主食はメリケン粉のダンゴが三つ。味は全くついていない。副食はヒジキと油揚げの煮つけ、それにタクワン二切れと薄い菜葉のオツユ。これでは栄養を最も必要とする消耗性疾患のテーベ（結核）にとっては、全く死を意味するような食事である。しかし日本全体が食糧難に喘《あえ》いでいる時期、これ以上のメニュウを求めることは無理な注文かも知れない。

だから患者たちは自己防衛上、私物の電気ヒーターと鍋、調味料やバター、油、ノリなどの捕食材料を床頭台の奥に入れている。ダンゴはヒーターで焼き、バターや醤油をつけて食する。オツユは味噌をたして味をつけるなどしている。

フライパンで卵焼きを作っている者もいる。

ある患者の付添いの老婆は、廊下の片隅の七輪で米を炊き、病人に与えていた。

食事時で電熱器の使用のピークに達した時、病棟は屡々《しばしば》停電するらしい。その度に病棟内の電気に詳しい患者の何人かが廊下に出てきて、ドライバー片手にヒューズボックスを覗いて修理をするのだそうだ。

私は早速、母宛の書状に必要なものを書き出して投函を依頼することにした。

夕食から消燈までの時間の中に、このサナトリュームのクランケ（患者）の生活の私的な部分が凝縮されている。

向かいの窓側のベッドには矢口辰乃助君という、年令二十歳位、小柄で少し痩せているかなといった程度で、全く病気を感じさせない若者がいる。明日にも退院の予定だったが、念のため断層写真を撮る必要から、少し退院の日時を延ばしているそうである。彼は手鏡で、聯か《いささ》短く刈りすぎた髪を櫛で苦心して寝かしつけると、親しくしている看護婦とのデートにいそいそと部屋を出て行く。

こちらの窓側には、浅田という頭を五分刈りにした肉づきのいい、話し方になかなか節度のある二十四、五歳の会社員、一見若い西郷さんを思わせる青年だ。彼は真白な開襟シャツに着がえて、女子病棟である隅田寮にいる親しい患者に会いに出かけて行く。

向かい側、真中のベッドには、私の入室時には不在であったが、食事時、どこからか戻ってきた花ちゃんこと花田弘君。十九歳の小柄な若者、進駐軍スタイルで常にGIの帽子を斜めにかぶって離さない。彼のベッドの周りは、それこそありとあらゆる生活用品やガラクタが山になっている。田中さんの話では、両親を失い、進駐軍関係の仕事をしていたらしいという。小児麻痺を患ったとかで、多少左足を引きずるようにして歩いている。勿論、彼も夕食後は再びどこともなく消えてしまう。

部屋に残ったのは私と隣の田中さん、そして私の反対側の、廊下に面したベッドの橋本さんである。橋本さんは八王子の時計屋さんとかで、子供さんも二人いる

三十五、六歳の痩せぎすの柔和な人物、痰がからむのか時々喉を鳴らしている。病状はよくないのだろう。食事の時以外は殆ど寝たきりである。母親という六十を過ぎた老婆が泊りこみで付添い、食事やその他、身の回りの世話をしている。

午後九時。消燈就寝の時間だが、ここでの一日がまだまだ終わらないことは間もなくわかった。

時間近くなると、五号室と廊下を挟んで位置する洗面所に、安静度※の高い患者たちが、それぞれに白い瀬戸びきの痰コップと溲瓶《しびん》を下げて、各病室からやってくる。安静度の低い寝たきりの患者は、看護婦や付添いが代行する。洗面所はひとしきりそれらの人等で騒然となり、廊下は活気を取り戻す。

しかし、夜勤の看護婦が患者の状態を聞きに来る頃になると、こうしたざわめきも終わり、廊下の電気も暗くなり、室内は消燈される。

夕食後に部屋を出て行った連中が帰ってくるのはこの頃である。

暗い中でゴトゴトやっているうちに、どうやらベッドに潜り込んだらしい。と、それから夜の部が始まる。

誰からというのではないが、病院内のニュース、医者や看護婦の噂、果ては恋愛論や政治論、話題にはことかかない。

はじめのうちは声を押さえて話をしていても、四間×四間、十六坪の病室である。自然に声も大きくなる。隣の病室から苦情があったのか、看護婦が注意に来る。時間は午後十時を過ぎていた。

病室に静かな寝息が聞こえてきたのは、それから二十分程も経った頃であろうか。しかし私だけは入院第一日の夜、咳を堪えようと意識するせいか、なかなか寝つかれ

※　安静度……結核安静度は1（重病）～8（軽度）の8段階で示されている。安静度1、2では、歩行は禁止されている。

なかった。

廊下の薄い暗がりの中、どこの病室からか幽《かす》かに咳きこむ音が聞こえてきて、それが深い闇の彼方に吸い込まれてゆき、私の意識もいつかそんな闇にまざりあうようにして、入院第一日の眠りに落ちていった。

発病

私とテーベとの出会いはこの時から四年程前に遡る。

旧制中学四年の時、秋の定期身体検査のX線で、左肺上部に浸潤が発見され、神田三崎町の結核予防会本部で直ちに気胸療法が行なわれた。

生活は平常通りでよいとのことで、特に過激な運動だけは見学するよう指示される。順調な治療のスタートとなる筈だったが、時代は決して私にこの恵まれた治療の継続を許してはくれなかった。

この年の暮れ（昭和十六年）に太平洋戦争が始まり、学校は軍事訓練と勤労動員とが主流となった。国家の存亡を賭けた時代に、「虚弱な若者は心がけが悪いからだ」という神がかった精神主義に取り憑《つ》かれた教師たちによって、この程度の病気は病気として全く考慮されなかった。

私自身も、弱さを隠し、強がりを示すことによって、集団の中の一員に留まろうと努めた。旧制高校に進む頃には気胸療法も休みがちになり、いつか全く医者に行くことも止めてしまっていた。

大学進学のためのX線間接撮影も、勉学に差し支つかえなしとのことでパスした。しかし戦局の重大化に伴い、「大学の門は士官学校に通づる」と高言する配属将校の一派が学内に強い発言力を持ちはじめ、病弱の学生はますます片隅に追いやられていった。私も一年間の休学を余儀なくされた。

休学は、確かにテーベとの関《かか》わりには好結果をもたらしたが、復学のあとも戦う学校の姿はさらに厳しく、そして国運は徐々に破滅への淵に近づいていった。学童の集団疎開に始まり、吾が家も田舎へ疎開、私は群馬県下への勤労動員に駆り出された。

昭和二十年三月に東京が大空襲に見舞われ、吾が家の神社も戦災で焼け落ちた。

四月には米英軍が沖縄に上陸、ついに結核病みの私にも召集令状が届いた。第三乙種の私は九十九里浜沿岸防備の現役歩兵二等兵として出征し、炎天の熱砂の九十九里浜に、米英軍の本土上陸に備えて「タコツボ」を掘ることを命じられた。

沖縄作戦に新たに現れたアメリカM1戦車は、日本陸軍最新鋭の大砲でも破壊できなかったことに日本は驚愕した。そのため陸軍は、M1戦車底部の薄い部分に強力な爆雷を仕掛けて破壊する以外策なしと判断し、最も本土上陸の可能性のある九十九里浜に、兵一人一人が潜む穴を掘ることを命じた。兵は、戦車が上陸したら強力な爆雷を抱えて戦車底部に飛び込む。特攻である。

私たちは自らの墓穴《はかあな》を文字通り掘っていたのである。吾々はこれをタコツボと称していた。

再発

昭和二十年八月、終戦。

テーベ再発の兆候は昭和二十一年二月末頃に始まった。仮初《かりそめ》に引いた風邪がどうしても抜けないのである。当時私は、疎開先の家族を迎えいれるため、家を再建することに奔走していた。空襲を受けた実家の神社の社《やしろ》の焼木を製材所に荷車で運び、製材を手伝い、大工の手助けをした。さらに古畳やトタン板を譲り受けに、遠方まで荷車を何度も押した。

こんな状態の中で、栄養の補給もない私の肺は、目覚めたテーベにより未だ健康な部分もどんどん侵略されていった。私の肺を征服しようとするテーベにとっては、全く一方的な戦いである。

はっきりとした敗北の徴候が出はじめたのは、桜の花の散り染める頃、微熱と空咳によって示された。

それまでは、心の片隅にだけ無理に押し込めようとしてきた恐怖に近い不安が、明らかに真実であることを、はっきりと認識しなければならなかった。それは絶対に救いのない完全な絶望であることは、私の今までの経験の積み重ねで理解していた。

テーベとの初めての邂逅《かいこう》において、結核予防会本部という最も恵まれた場所で、当時の先端的な治療で順調に出発した筈の私の闘病生活だったが、自分自身の病気に対する正確な認識の欠如、及び時代の激浪の中で生じた曖昧な妥協とが、私の肉体を破滅の淵にまで追いつめてしまったのである。

タコツボから這い出した私は、再びタコツボに這入る。

私は確実に死ぬのである。

笹本博士

すっかりテーベにより侵略されてしまった自分の胸の中を、X線で全てを明らかにされるのを恐れる余り、それまでは医者に診断を乞うのを絶対に拒否してきたが、母の涙ながらの願いで、私は戦災を免れて診療を続けていた近所の都立病院へ出かけて行った。

X線の結果は予想通りであった。医者は私に何の指示も与えもせず、「全てが手遅れだ」と言外に含めた言葉を私に放った。医者の、哀れむような視線を背中に強く引きずりながら、索漠とした戦災の跡の街を私はただ当所《あて》もなく歩いていた。

戦後初めてのメーデーの行列が、焼け残った神田古本屋街をこちらに向かってやってくる。そうか今日は五月一日か、スクラムを組み、健康そのものの歌声を上げてくる。そんな人々から私は逃れるように近くの映画館に入った。暗い座席に座ってスクリーンを見つめていたが、咳が出て映画の観賞を続けることが出来なかった。

そんな絶望の中、飯田橋の今沢伯父が慶應大学病院内科の助教授であった笹本浩先生に診てもらうよう勧めてくれた。笹本博士は母や伯父と幼馴染で、実家のある豊橋でよく遊んだ仲だという。

伯父に連れられ信濃町の病院の、焼失を免れた裏手の研究棟に博士を訪ねた。笹本博士は全ての診療を終えてから、サナトリュームに入院することを勧めた。

「一年程入っていれば病気もよくなるよ」

と明るく励ますように、笹本博士は私を顧みて笑った。以前と変わらず絶望的病状であることは私もよく知っていたが、先生のこの思い遣りのある励ましは私を深く感動させた。そして博士の友人の勤務する保生園を紹介されたのである。

成す術《すべ》もなく失意の底にあった私は、笹本博士によって生きることへの僅かな希望を与えられたのである。

第二章　煉獄

保生園

保生園の朝は早い。午前六時、検温の看護婦の声で浅い眠りを覚まされた。

保生園の住人の一人になって私の世界は一変した。ここではテーベ患者が全くのノーマルな住民であって、医師、看護婦（この人たちの中にもテーベを持っているものもいる）を除き、健康な人は殆《ほとん》どいない。またいてもごく少数の異分子である。このことが驚く程に心の安らぎを与えてくれるのである。

ここでは何のこだわりもなく微熱の多寡《たか》を語りあい、血痰をさりげなく話し、人の死さえも、どこの病棟の誰それがステッタらしい（死んだらしい）と、事もなげにさらりと語り合っている。

全くここの住民は、私の想像を超えて驚く程に楽天的なのである。

保生園は秩父宮恩賜財団結核予防会の付属療養所で、本部は私が初めて気胸療法を受けた神田三崎町にあり、結核研究所が清瀬にある。

狭山丘陵の広大な斜面に点在する保生園は、十数棟の病棟と、本館、診療棟、職員寮そして集会所からなり、全ての建物が長い廊下によって結ばれている。

表門を入ると、まず池の向こう側に、木造モルタル二階建ての瀟洒《しょうしゃ》な建物がヒマラヤ杉の大木に囲まれて建っている。これが本館である。その左側二十メートル程のところに、本館に並んで横に長い外来診療棟がある。一般外来患者も面会者も、全てこの診療棟の玄関より出入りしている。

診療棟に入り廊下を奥へ進むと、左に売店、右に患者用浴室があり、主廊下が左右に別れる。主廊下の窓から見ると、山の斜面がこのあたりから始まっているのがわかる。

右側の主廊下はすぐ直角に左に折れ、狭山丘陵を登るように続いている。角度は二十度に近い、かなりきつい斜面で、主廊下の左端には滑りどめに三十センチ程の木の桟が、約二十センチの間隔で上まで打ちつけてある。

この主廊下の一番手前右側に男子収容の高尾寮が建てられている。高尾寮は私のいる五号室を棟の最後とし、さらに先は長い橋桁に支えられた廊下が続く。眼下に谷を見据えながらその繋がりの果てに高尾寮別館が建っている（私の入院時には、別館は閉鎖されていた）。

高尾寮を過ぎて主廊下を上ると、右側に、やはり細い廊下が橋桁に支えられて繋がりその先に東京ガス平心寮がある。

さらに主廊下を上ると、廊下を挟んで左右に二人部屋病棟の筑波寮がある。その先には一等病棟の秩父寮が、同じように廊下を挟んで左右に長く連なっている。

再び診療棟に戻って、売店から今度は左に主廊下を曲がると、右側、山に囲まれるようにして集会所が建てられている。集会所を越えて進むと、主廊下は山の斜面に纏《まと》わりつくように大きく右にカーブしつつ、かなりきつい角度で上に続く。その先に女子一般病棟である隅田寮が繋がっている。

隅田寮から先は、主廊下は殆ど平坦に近い傾斜の中腹を走り、相模寮、さらに長良寮に続いている（長良寮、相模寮は、もと一等二等の女子患者の病棟だったが、今は閉鎖されていて、一等病室は秩父寮に、二等病室は筑波寮にと、男子病棟の中に混在されていた）。

長良寮の先は外へ出る。主廊下はコンクリートの道となり、秩父寮と、十坪《とつぼ》の家屋群に繋がっている。十坪は浴室、トイレ、次の間つきの独立家屋の特等病室で、松林の中に四棟点在している。また、その傍らに回復患者が使用する外気舎《がいきしゃ》（三坪程の小舎で二名定員）が四棟、山を背にして建っている。この退院間近の患者がいる外気舎に対して、他の病練を内気舎と称する。

これが、私が数年の歳月に渡り死病と向き合いながら、多くの仲間と出会うことになる保生園の全容である。

新たなる出発

田中さんの話によると、ごく最近まで患者と病院との間に紛争があったらしい。戦後の左翼思想の波の中で、患者は、病院側の不正追及と、待遇改善、特に食事内容の質的向上を要求して組合を作り、これに従業員組合（従組）が患者側について争ってきたのだという。

患者組合は全国組織である日本患者同盟に加入、紛争の結果、院長は交替し、食事と日常の療養生活については、患者側委員と病院側担当者が運営懇談会を月一回もち、協議しているそうだ。患者は自治会を作り保友会と名づけていた。

もちろん戦争と敗戦、それに続く社会の混乱は、例外なく療養所にも大きな影響を与えていた。手術室はあってもボイラーその他の設備を欠き、諸検査や断層写真などは、清瀬の結核研究所までわざわざ出向かねばならなかった。

しかしそんな状態の中でも医師たちの医学への情熱は高く、従来的な気胸療法に加えて、最新の治療法である胸郭成形《きょうかくせいけい》手術をこの病院でも始めようとしていた。

肺は、肺本体を包む膜と、その外側にある肋骨側にある肋膜《ろくまく》によって包まれている。肋骨が広がり肋膜側の膜がそれにつれて拡張すると、膜と膜との間は陰圧となる。肺本体は当然広がり、新しい空気が吸い込まれる。肋骨が収縮すると、肋膜内は陽圧になって肺は収縮し、肺中の二酸化炭素が外に吐き出される。これが正常な呼吸である。

気胸療法は、畳針のような太針を通じて消毒された空気を二つの肋膜の間に注入し、肋膜間の空気の圧力を人工的に高くすることによって、肺の伸縮運動を押さえ込む。肺の組織が結核菌によって侵されたところを締め付け、酸素の補給を断ち、体内の白血球や他の免疫機構による戦いを援助するのである。小さな空洞の場合、肋膜間の空気の圧力をさらに高くして肺を圧迫し、空洞自体を押し潰すことも可能である。

従来、肋膜炎や重度の結核によって二枚の肋膜が癒着している場合にはこの気胸療法は適用できなかったが、肋骨を上から何本か取り除いて肺を落とし込み、病巣を押し潰すことで気胸療法と同じ効果を得るのが胸郭成形術である。

胸郭成形術実施のために、病院当局は、まだ使用されていなかった長良寮を手術患者用病棟とし、同じく閉鎖されていた相模寮を手術待機及び手術後の患者のアフターケア病棟に充て、手術器具の消毒はボイラー完備の清瀬の結核研究所で行なうことにした。胸郭成形術の指導医師に、東大病院より胸部外科の都築博士、卜部講師を迎えるということであった。

保生園にも外科担当医として新しく来笛医師を迎え、また従組や患者とのトラブルも解決して、まさに新生保生園として再出発しようとしていたまさにその時、私はこの住人になったのである。

治療

入院してみて幸いなことは、私にはまだ気胸療法が適用できるということがわかったのである。

X線写真では、私の左右の肺上葉には白い影が分散して映っているが、これはすでに菌が死滅して石灰化しており、悪化の不安はない。むしろ主病巣は、右肺の中葉にあるクルミ大の空洞（カベルネ）である。空洞があるため、かなりの重症といっていい。空洞という結核菌増殖の基地を造ってしまった以上、菌は肺の健康部分や、喉、腸などに絶えず進入していくため、自然治癒はまず見込めない。

一般に胸郭成形術は、肺の上部から鎖骨下ぐらいにある結核病巣には成果があるが、肺中葉、肺下葉の病巣には効果はないとされるので、私には胸郭成形術の適用は困難であった。

私に僅かな運があったのは、肺上部は中学時代に行なった気胸療法で肋骨癒着であったものの、主病巣の右肺中葉から下葉には肋骨癒着はなく、気胸が主病巣を押さえ込んでいたために、ある程度は菌の増殖が抑えられており、気胸療法がまだ適用できる可能性があったことである。

初めての療友の死

夏から秋にかけて症状は少しずつ落ち着いてきたが、喀痰《かくたん》中の結核菌数は依然として高く、X線に現れるカベルネも素人目にもはっきりと認められる。

病状が改善せず、気胸療法だけではこれを押さえ込むのが無理なのかも知れないと私が些《いささ》か悲観の虫に襲われはじめた頃、この部屋に一つの不幸が訪れた。そしてそれは新生保生園にとって不吉な影を落とすことにもなる。

向かい側の窓際のベッドにいた矢口辰之助君が亡くなったのである。

彼は私が入院の頃、軽快退院を予定されていた。それが念のためといって、設置される予定になっていたX線断層写真を撮るために退院を延期していた。X線断層写真を撮ってみると、鎖骨の陰に小さなカベルネが写し出されていたのである。

これは、病院でこれから始めようとしている胸郭成形手術にとって最も適した症例である。勿論、自然治癒ではこのカベルネが引き金となり、再発が当然考えられる。医者は一も二もなく胸郭成形術を勧め、本人も再発の可能性を考えると、医者の勧めを受け入れるのに躊躇もなかったのは当然なことであろう。

矢口君は胸郭成形術を受け入れ、胸郭成形手術予定患者たちの明かりが少しずつ漏れはじめてきた長良寮への移転が決まった。

吾々同じ部屋の住人は矢口君を見送り、彼は長良寮の住人となった。手術当日、高尾寮から出られない私たちに代わって、花田、浅田の両氏が励ましに長良寮に出かけて行ったが、その時の彼は凄く元気だったという。

胸郭成形手術は成功したかに見えたが、直後から三九度以上の熱が続いた。創痕《そうこん》が開き、膿が膿盆に二杯も取れた。明らかに感染症による化膿である。当時、ペニシリンはまだ噂の中にのみ存在する薬で、多くの人はその存在すら知らなかった。

矢口君の病状はよくならず、吾々は、花ちゃんが次々にもたらすニュースに黙した。

彼は術後十日程で亡くなった。死因は敗血症。

その死が知らされた日、全く病気を感じさせない健康そのものの彼が死に、死の影を一杯に背負って入院した私がこうして生きていることに、大きな戸惑いを感じた。

そしてこれは、私がこれからここで出会う、数多くの友人の死の最初の出会いでもあった。

喀血

夏も過ぎ、虫のすだく声にふと秋を感じる頃、私は血痰を吐いた。初めての経験である。血痰というより小さな喀血といった方がいいのかも知れない。むせるように吐き出した痰が、全くの血の固まりだったのである。

私は直ちに仰臥《ぎょうが》し、胸に冷たいタオルをあてて目を瞑った。

私の病状から、今までこうしたことのなかった方が不思議なのだと、私は自分の心に一生懸命言い聞かせようと努めたが、確かにショックであった。そしてこれが引き金となって、さらなる喀血を誘導するのではないかという不安もよぎった。

しかし幸いに、血痰は血点となり血線となって然《さ》したることもなく治まったが、ベッドから離れることへの不安は続いた。

そんな時、足立主治医から横隔膜神経捻除の手術を勧められたのである。気胸療法だけでは病巣を押さえ込めそうもないので、横隔膜神経を捻除し、右肺の上下運動を止めて、病巣の安定を保とうというのである。

勿論、私はお願いした。手術は右の頸部、鎖骨の上を切開し、横隔膜神経を引っ張り出して捻除する、割合に簡単な手術である。

手術病棟に移る程ではなく、主治医の執刀で抜糸も順調で回復も早かった。この手術は、その後の私の気胸療法に極めて良好に作用したのである。

それまで続いていた夕方の三十七度三、四分の微熱もいつしかなくなり、喀痰中の結核菌数もマイナスになった。X線写真でも、右肺下部が上部に引っ張られ、押し付けられてきていることが素人の私にもわかる。気胸療法が全く有効に作用しだしたのである。安静度も三度に上がり、診療棟や売店にも自由に出かけることが出来るようになった。

感染症

この病院が胸郭成形手術を始めることになってから、東村山周辺の結核サナトリュームからの患者が増え、入院が活発になってきた。従来六人部屋だった吾々の病室も、二ベッド増えて八人部屋となり、九月に入るとすぐ新患が来た。

その一人は小澤さんという東京工業大学の大学院生で、イガグリ坊主の哲学者といった感じの仏教学に造詣の深い人物。胸郭成形の手術を受ける予定という。

しかし彼は、安静度が比較的軽い四度だが、それにもかかわらず、食事とトイレ以外、全くといっていい程にベッドを離れないのである。書見台に本を挟み、蒲団を真深くして常に読書をしている。結核という消耗性の病気を前に、過剰な程の安静を自分に課していた。

三月《みつき》程吾々と一緒にいて、十二月に入ると早速に、胸郭成形手術待機者用の相模寮へ移っていった。正月初めにオペを行なうことになったとのことだ。

安静度は四度というのに、安静魔の彼は移転の時も寝たままで、ストレッチャーを使用して移っていった。


十二月も押しつまると病室にクリスマスがやってくる。吾々の部屋でも山に自生する一メートル程の松を伐《き》ってきて、クリスマスツリーの飾りつけが始まる。主として働くのは花ちゃんと浅田さんである。天井にモールやテープを張り回らし、ローソクを立てる。自称カソリックの花ちゃんは殊に熱心に振舞っている。

小澤さんのあとには、河野という若い患者が、年末の慌しさの中にひっそりと入院してきた。彼は殆ど、吾々病室の者とも口を聞かず、廊下の方に顔を向けて寝ており、全く病気に打ちのめされてしまっているといった様子である。付き添っている母親と顔を付けるようにして、いつも何かと不満をぶつけている。誰に向かっても、この身の不条理を怒ることの出来ない彼は、せめて母親に当たり散らすことによって、いささかの慰めとしているのではないだろうか。困ったように、時には宥《なだ》めるようにして息子の言うなりに振舞う母親の目には、失意の悲しみが潜んでいた。

彼はクリスマスにも、病室の誰とも口を利かなかった。

そんな彼が、深夜、尿瓶《しびん》がわりに使っている（病院備え付けのものは古い患者に使われ、新人は代用品を使用している）ミルクの空缶に小用をたしているのであろう、そのカランカランとあたりを憚《はばか》るようにして聞こえてくる侘しい音に、遣りきれないまでの孤独を感じる。窓の外には半円の月が、冴えわたる天空に凍りつくように輝いて見える。悲しいクリスマスの夜だった。

新年早々、彼は閉鎖されている高尾別館の奥の個室にただ独り移り、そして間もなくそこで亡くなった。挨拶に立ち寄った母親の目は真っ赤に腫れ上がっていた。

クリスマスが終わるとツリーの松は、門松に転用される。

安静度四度以上で医者の許可のあるものは外泊する。病院での正月料理は、ダンゴの代わりにコッペパン（マーガリンが少々ついている）と、黒豆、大根人参のナマス、それに脱脂粉乳。留守番組の吾々は、差し入れの餅を焼き、新年を祝った。

昭和二十二年一月十五日。誕生日。満二十一歳。

この療養所へ来て六カ月、病魔に犯され死を見つめる蒲団の中で、私はよく手鏡を出して自分の顔を写し見た。キリスト教では、死者は煉獄《れんごく》と呼ばれる場所で魂の浄化を待つと聞く。鏡の中の自分は煉獄の自分である。その自分と語り、無聊《ぶりょう》を慰め孤独を凌《しの》いできたが、病気が落ち着いてきて全身状態がよくなってくると、こうした感傷も薄らいでくる。

そんなある日、相模寮に移った安静魔の小澤さんが亡くなったという報せが、花ちゃんによりもたらされた。死因は矢口氏と同じ術後の化膿だという。

あれ程に病気の特性を理解し、回復を信じ、徹底的な安静を自分に課して毎日を律してきた小澤さんの、何と大きな誤算だっただろう。

これまでも術後の化膿の例は多く、しかもそれによる死亡率も異常に高い。手術予定患者は遺書を要求されるといった一種異常な事態になっていた。こんな状態の中での小澤さんの死である。

やがて胸郭成形手術予定患者の間に恐慌が起こった。患者自治会保友会と病院との会合が計画され、医局の手術予定患者への説明会が開かれるなど、騒ぎは次第に大きくなっていった。手術した殆どの者が化膿し、高い確率で死亡者が出るということは、既に医局でも問題になっていた。患者の要求を待つまでもなく、病院側の消毒のシステムに欠陥があることは一目瞭然であった。当時、保生園にはボイラー室がなく、手術器具の消毒は清瀬の結核研究所で行なわれていた。その器具を保生園に運搬する過程での細菌汚染の可能性が指摘されていた。

患者と医局との何回かの会合の結果、全ての手術は中止され、病院側はボイラーの設置工事を直ちに行なうことになった。運搬過程での汚染の可能性があったことを病院は認めたのである。

戦前使用されたボイラー室と煙突はそのまま使用できたので、新しいボイラーの始動まではそれ程の時間は要さなかった。手術が再開されたのは騒動から三ヵ月程経ってからだった。

束の間の安息

昭和二十二年早春。

アメリカ軍放出のララ物資が来るようになり、脱脂粉乳などが支給されて多少栄養的に改善されてきたといえ、吾々は捕食から解放されることはなかった。

各病棟には病院職員ではない付添婦が数人程いた。海千山千の小母さんたちだが、廊下や洗面所の掃除、患者たちの買い物など、色々と雑用をしてくれている。安静が必要な患者の付添いを個人的に依頼される他に、元気な患者の副食の調理を請負っている者も中にはいる。

手術が行なわれている時は患者の出入りも少なくなかったが、この時期はそれも少ない。早春の麗《うら》らかな日和のなか、病院の午後は、洗面所で洗濯に余念のない付添いの小母さんたちの声高な話し声が響き渡り、谷間から時おり聞こえてくる鷺《さぎ》の囀《さえず》り、山あいの林の中、けたたましく啼く小綬鶏《こじゅけい》が叫び、病院は全く平和であった。

そんなある日、私の左耳の下、首筋のあたりに痼《しこり》のあるのがわかった。全く痛みがないので気づかなかったが、頸部リンパ腺腫脹とのこと。これが日が経つにつれ、崩れてきた。

リバガーゼを当てて絆創膏《ばんそうこう》で止めてはいたが、食事の時、唾液がそこから滲み出るまでになってしまった。

ちょうどその頃病院では、私のような少々の外科処置を要する者や、手術による化膿の事後処置を要する患者、膿胸の患者等を一室に集めて、外科医師が主治医となり、純然たる内科と区別して治療していくことになった。外科処置病室には女子寮である隅田寮の一号室が充てられた。

私は外科処置病室への移転第一号として、三月に入って間もなく高尾寮よりこの部屋の窓際のベッドに移った。

ここには、私を含めて七人の患者が集まってきた。私の向かい側には、窓側に松本高等学校生の小池君がいる。彼は結核のオペの予定者だが、結核性痔瘻の処置のためにここに来たらしい。その隣に同じく痔の神戸さん、私と同じ気胸患者でもある。一ベッドをおいて関節炎で足にギブスをしている岸さんがいる。

そしてこちら側、私の隣は、オペを済ませたが一部創痕の化膿処置のため、退院を延ばしている東芝勤務の石川さん、膿胸治療の中大生の岡村さん、それに結核性カリエスの丸山さん。

比較的年配者は神戸さんと石川さんで、あとは私と同じような年齢である。全くの寝たきりは関節炎の岸氏と結核性カリエスの丸山さんで、安静度三度の私を除き、他の連中は安静度四度であった。岸さんはもと工員で、神戸、丸山両氏は復員者という。

主治医の大澤医師は三十歳そこその独身医師、全く学生気質の抜けないあけっぱなしで、自ら外科は見習い中と言明している。プレさん（吾々は看護婦をこう呼んでいる）たちは彼を朝鮮貴族と陰で言っている。

隅田寮は基本的に女子寮である。

二号室から五号室（四号はない）までは吾々の一号室と同じ大部屋で女子患者が八人ずつおり、六、七号室は三人部屋、八号室は二名の個室になっている。

八号室の反対側にトイレと洗面所があるので、吾々は常に女性患者の病室の前を往復しなければ用がたせない。廊下を歩くのに、高尾寮のようにどんな格好でもよいというわけにはいかない。高尾寮を出る時、仲間から女子寮への引っ越しをだいぶ羨ましがられたが、実際に住んでみるといろいろと不便なものであることがわかってきた。

私たちの病室の窓の外は、山が浅い狭間になっていて、そこまで診療棟の屋根が続いている。その先は再び山になり、尾根には看護婦寮が建ち、向かい側、南の斜面には院長はじめ、職員の社宅が建っている。

看護婦寮の下、雑木林の中、一筋の小道がその奥に消えていく。吾々はそれを天国街道と呼ぶ。

道の先には、霊安室と解剖室が一棟の建物で建てられてあり、死者たちはこの街道を、雑役の人の担う担架で運ばれていく。私たちの窓からはその様子が具《つぶさ》に見えるのであった。


「俺の番はいつ頃かな」

冗談めかして言うものがいる。

しかしこれは全くの冗談ではない。表門から入院して裏門から出て行く――この結核療養所にはこういう表現が随分昔から定着している。

結核は治ることも多い。本人の知らない間に移り、知らないままに治っていることもある。肺には神経がないから自覚症状は出ないが、強い感染を受けて発病しても、空洞さえ出来なければ治る。しかし、菌の繁殖基地である空洞が出来て排菌するようになると、他人にも感染し、病気は肺全体に広がり、喉から腸へと菌は侵食していき、人を死に至らしめる。

いつの日か、自分の体も担架に乗せられ、あの天国街道を担がれていく。これは結核療養所にいる人間にとっては、自分が結核を征服し、全治退院していくと考えることよりも、遥かに実現性の強いことなのである。

しかしここの住人たちは、死について全くの無頓着なのかしらと思われる程に明るい。

吾々の隅田一号室、廊下に面したベッドの丸山さんはなかなか饒舌家だった。北支《ほくし》を転戦して終戦を迎え、工場に就職したが、カリエスを患って入院してきたという。戦争中の話題は豊富だし、足に巻いたギブスでベッドを離れることこそ出来ないが、胸の病巣の方はそれ程のことはなく、至って元気であり、それに好奇心も強い。彼のおかげで吾々の部屋は常に陽気で、活気もあった。

今の彼の興味の中心は、二号室から七号室までの女子患者たちである。自分自身は動けないので吾々から逐一聞き出そうとする。二号室窓際には若く美しい声楽家がいる、しかし気の毒にも病気は重く、しかも喉頭結核を患っている。三号室は若い患者が多いが、五号室はどういうわけか年配者が多い、などなど。どうして吾々以上の知識である。

私たちの部屋の住人は比較的軽度の者が多いので、自然と女子病棟の世話役を買って出る。電気の切れた時のヒューズの取り替え、ヒーターの修理、患者自治会の連絡など、愛想がよくて、口も軽いが腰も軽い神戸さんが吾々の代表として生き生きと動いている。どうやら丸山氏の情報源はこの神戸さんらしい。

おかしくて悲しい死

吾々隅田一号室は、うらうらとした春の中、一時《ひととき》の平和を味わっていた。

私は一週一度の気胸療法と、毎日行なわれる首の淋巴腺腫瘍のガーゼ交換の他、読書し、眠り、そして仲間と駄弁る。

病棟の看護婦たちも、女子病室より男子病室の方が油を売りやすいのだろう、何かにつけよく時間を潰しに来る。そんな時、相手はいつも丸山氏であり、神戸さんがそれに加わる。

こうして私がこの病棟に来て一カ月程たった頃、病院のボイラーが整備され、胸郭成形手術は再開されて、外科病棟である相模寮、長良寮への廊下は再び活気を取り戻してきた。

そんなある日、全く突然に不幸はやってきたのである。

昼の配膳が終わり、いつものように軽口の遣《や》り取りの中で、午後の安静が始まろうとしている時、丸山氏が急に大きな声で演説を始めたのである。

それまでの吾々の語り合いとは全く無関係に始まったので、皆一瞬、顔を見合わせた。織田信長が登場し、秀吉、家康が出てくる。かと思うとヒットラーになり、スターリンが現れるのである。立板に水のごとく喋っている。

余りに突拍子もない咄《はな》しなので思わず笑いだした吾々も、次第にそれが異常な何かが彼の中に起こっているのではないかと、強い不安に襲われた。

「丸さん、丸さん、どうしたんだい」

私は寝ている彼の肩を小突いた。

しかし彼は、私に注意を向ける様子もなく、さらに演説を続けていく。演説は唄に変わった。

私はすぐ看護婦に連絡し、看護婦は医者に連絡した。

大澤医師が飛んできた。

「丸山さん！　どうしたんです」

私たちが交々《こもごも》語る経過を聞きながら大澤医師も問いかけたが、彼は全く反応を示さず、唄が終わると再び演説が始まった。

後藤又兵衛が登場し、塙《ばん》団右ヱ門が加わった。

深刻な主治医の表情も思わず弛む程に、全く滑稽で奇妙奇天烈な演説である。

保健室から衝立《ついたて》が持ち込まれ、彼のベッドは塞がれた。看護婦に押さえられるようにして彼は横向きになり、背骨に太い注射針を刺され、髄液の圧力が調べられた。

その一瞬、演説をやめた彼は、

「いたああい‼　いたああい‼」

と泣くように訴えた。

彼は既に全く正常な意識を失っていたのに、この痛烈な痛さだけはわかるのである。

彼の髄液は異常な圧力でガラスの管を昇りつめた。明らかに結核性脳髄膜炎であることを示している。

直ちに彼は個室である八号室に移された。

兄夫婦という人が来たが、勿論正常な意識は戻らず、死を看取る付添人たちを笑わせながら、四日程で亡くなった。そして後藤又兵衛や塙《ばん》団右ェ門と語り合いながら、天国街道を昇っていったのである。

今までの一号室は彼のおかげで笑いがあった。彼は自分の死に際しても、周りの人々に笑いを残して突然に逝ってしまったのである。

私にとって三人目の友人の死であった。

悲しい死

私の隣の石川さんが退院して、入れ違いに読売新聞のカメラマンの二宮さんが入院してきた。続いて、小学校教師の峯さんが胸郭成形のオペを済ませ、相模寮から移ってきた。それまで空いていた二つのベッドが塞がったのは、丸山さんが亡くなって十日程あとのことである。

二宮さんは頑健《がんけん》な身体で、フィリッピン戦線に従軍していたとかで真黒に日焼けしていて、全く結核とは縁がないように見えた。しかし腎臓結核があり、加えて内耳に炎症があるために、この病室の一員になったのである。

時々に面会に来る奥さんは、小柄な身体一杯に心配を背負っている様子である。未だ一歳になったばかりの子供を実家に預けているといって、面会に来てもいつも早々に帰っていく。

どちらかというと無口な彼は、そんな奥さんが帰ったあと、淋しげに廊下の出口の方を見つめながら、暫くは吾々の無駄口の仲間には加はらないのが常だった。それでも隣同志のこともあり、私は二宮さんから報道写真にまつわる興味ある話のいくつかを、聞くことが出来た。


その彼が、丸山さんと全く同じ経過で脳を侵されたのである。


その日、私等は午前中の外科的処置も終わり、昼食の時間までの退屈な時間帯の中で、彼と気楽な世間話をしていた。その時、全く突然に、今までの話と無関係なことをボソボソ話しはじめたのである。

「二宮さん！　どうしたの！」

私は問いかけたが全然反応を示さない。

私の連絡で大澤医師が飛んできた。

私が彼の異常を医師に告げている時、しかし彼は一時《いっとき》の正気を取り戻していたのである。

正気の彼は、私の医師への言葉を聞いてしまっていたので、心配そうに、

「私がどうかしたんですか」

と大澤医師に問いかけた。

「いや別に。気分はいかがですか」

医師はそう言って何気なく彼と雑談を試みた。

しかし全く正常なのである。

私は、丸山氏のことがあったので、聊《いささ》か神経質になっていたため、とんでもない間違いをしてしまったのではないかと、自分の軽率を悔いた。居た堪《たま》らない気持ちで病室を抜け出し、保健室で大澤医師を待った。

暫くして大澤医師が戻ってきたので、自分の軽率を謝したが、大澤医師は、

「脳炎の可能性はあります」

と深刻な表情で、

「一時、正気に戻ることは考えられるし、申し訳ないが気をつけていて下さい」

と、私の心配を当然のように肯定した。


その夕方、奥さんが面会に来たが普段と全く変わらない。

大澤医師も夕食時、病室に立ち寄ったが何の変わりもなかった。


二宮さんは翌朝には再び異常を示し、正気を失った。

連絡で奥さんが駆けつけてきた。彼は丸山氏のように声高に喋ることもなく、ただ虚ろな目で天井を見つめているのみである。

腎臓結核や結核性カリエスなどは、血流に乗ってそれらの部分に病巣を作る。従って、血流に乗っていつ脳に転移するかわからないのだ。


個室が塞がっていたため、二宮さんは私の右隣のベッドで、衝立に囲まれてそのまま寝かされた。

奥さんは、いつ付添い部屋で体を休めるのだろうかと思う程に、常に彼のベッドに凭《もた》れるように腰を下ろし離れない。すっかり正気をなくして、何の反応も示そうとしない夫のその顔をじっと見つめながら、彼の黒い、分厚い手を彼女の小さな白い二つの手で包むようにして、優しくいつまでも摩《さす》っていた。

二宮さんの右隣にいる岡村さんが真向かいの空いているベッドに移り、二宮さんの奥さんのためにベッドを一つ空けた。吾々に出来ることはこうして彼と彼の奥さんのために、残り少ない時間を夫婦二人だけで過ごす空間を、少しでも広くしてあげることだけであった。

五日程が経ち、二宮さんの容態が悪化した。医者、看護婦の頻繁な出入りに、私の浅い眠りは何度も覚まされた。衝立の間から垣間見られる青白い顔の、切ない呼吸を感じさせる彼の鼻翼の痛々しい程の激しい動きに、命絶えんとするものの虚しい抗《あらがい》を見た。

白々と夜が明けようとする頃、全く静かに彼は死んだ。奥さんも、正気の彼を再び見ることはなかった。

二宮さんが亡くなった日、丸山さんがよく話題に乗せていた二号室の美人声楽家で、喉頭結核を患っていた井口澄子さんも亡くなった。

陽炎《かげろう》もえる陽春の光の中、それぞれの人生の思い出だけを残して、新たな二つの担架が天国街道を昇っていった。

死ぬと云うこと

引き続いた療友の死は吾々の部屋の空気を重くしたが、そんな淀みをさらに重くする不幸が起こる。

松本高校生の小池君は学生同志ということもあり、私とは特に気が合い、親しく語り、時には議論もした。彼は左上部にごく小さな空洞の存在を疑わせる影を持っていて、この病巣を落ち着かせるために入院してきたのである。

小池君は痔の治療でこの病室に入ってはきたが、胸郭成形術が再開されれば、その早い時期に施術される予定になっていた。

彼には母親と一人の姉がいた。父親は官吏だったが早くに亡くなったそうである。療養費用はその姉の働きから出されているようで、早く健康を取り戻して姉に酬いたいと彼はよく語っていた。

姉という人は、若く美しい人だった。

土曜日が休みとかで、隔週、昼頃に決まって訪ねてくる。姉が洗濯物や捕食の材料を床頭台に整理している時、彼はいつも、はにかんだようにベッドに凭《もた》れて黙っていた。姉は、病室の真中に置かれたテーブルの上にある誰の所有ともわからない花瓶に新しい花を差し替えてくれる。

安静時間に入ると、姉は彼のベッドの脇、窓に向かっていつまでも椅子に腰掛けている。

「もう帰れよ」

目を布で覆い、手を胸に組んで、他の療友たちと同じように安静時間を過ごしている彼が、布の間からちらりと姉を見て言うと、

「そうね——じゃ、また今度」

と、静かにコートを手に帰って行く。

コトコトという遠慮がちの足音が、静かな安静時間の病棟に微かに伝わり、そして消えていった。

二人きりの姉弟の深い愛情の繋がりが、殆ど会話のない関《かか》わ《わ》づらいの中に一杯に結《つま》っているのを感じる。

その彼に手術の予定が知らされ、外科病棟である相模寮への転室が伝えられた。

いよいよ明日は引っ越しという前日、吾々は彼のためにコンパを計画した。鳥肉を

買い求め、葱と白菜を入れて鳥鍋を作った。細やかな会費の持ち寄りの中で白米も用意した。

みんなうたった。彼もうたった。

彼は元来、無口のはにかみやだったが、松高の寮歌をうたい、吾々は手拍子でそれに和した。付添い部屋から借りてきた七輪コンロの炭が白く尽きるまで、語り合った。


引っ越しの日、手廻りの荷物を整理するため彼の母親が来た。

上品な初老の婦人は彼の姉に似ていた。

手術は二日後ということで彼は悠然としていた。病巣は落ち着いているし、症状も良好で、また病院の胸郭成形術再開後、化膿の症例が出ていないこともあり、吾々も全く安心して彼を送り出したのである。

胸郭成形手術の日、頭を手拭いでくるみ、麻酔でウツラウツラしている搬送車の上の彼を、私は病棟のはずれで見送った。彼は私に気がついてチラッと笑った。

それから数時間後、夕食を終えた私たちの雑談の中に、主治医の大澤医師が緊張した表情で入ってきたのである。

「小池さんの容態がおかしくなりました。私はこれから外出しますが、皆さん、変わりないですね」

かなり興奮している。

そんな馬鹿な、なんで外出するのかと私が質《ただ》すと、

「兎に角、原因不明の呼吸困難が起きました。全力を尽していますが酸素が必要なのです。病院の手持ちをすっかり使ってしまって――。これから町へ出かけて探してきます。なければ自動車屋の酸素ボンベでもやむを得ない」

彼は全く冷静さを欠いていた。現在では、患者たちに医者の狼狽《うろた》えぶりをあから状態《さま》に見せたり、酸素ボンベの調達など考えられないことだが、敗戦未だ日の浅い頃の病院の姿である。

私たちは一瞬、茫然となった。手術の経過はよかったと聞いている。

ナゼ？　ナゼ？　ナゼ？

しかし私たちには如何ともすることも出来ない。消燈間際で、患者の吾々は彼の病室に駆けつけることは許されない。

ただ祈ること、それでも何故という疑問がすぐ頭を持ち上げてくる。私たちは、それぞれの感情の高ぶりで終夜眠れなかった。

大澤医師の必死の酸素調達もその功を奏せず、彼は夜明けも間近いという深夜に息絶えたのだった。朝早く、疲れきった大澤医師は吾々の部屋に来てそれを告げた。

小池君は手術後、何かの拍子で突然に左右の肺が交互に収縮を始めてしまい、そのために中の空気が相対する肺の中を行き来するのみで、正常な呼吸を全く行なわなくなってしまったのだ。

病院中の酸素ボンベを使い果たし、町まで調達に走ったのも功を奏せず、彼の心臓はついに力つき、窒息状態の中で死んだのである。

私たちは相模寮の彼のベッドを訪ねた。彼は白いカバーの毛布の中で静かに眠っているように見えた。

顔を覆っている白布をとると、小さな蝿が一匹、ブーンと飛び立った。

私は一瞬、たじろぐ。

一昨日、大きな声で松高寮歌をうたった彼は今、寝ているのではない。確かに死んでいるのだ。

笑い、泣き、うたい、語った彼の肉体は、心臓が止まり酸素を持った血液の循環が終わると、規律をもって分裂、代謝を行なってきた全ての細胞が死んで、生の営みは終わる。そして一個の物体となり、その時から確実な腐敗が始まる。

死の臭いを感じるこのおぞましい虫は、それを知っているのだ。

私は不気味なものを見るように、この死の告知者の小さな姿を目で追った。

突然、こみ上げてくる感情が涙となって溢れ出て、私は咽泣《むせび》いた。
彼の美しい姉は、彼のベッドの傍らに呆然として立っていた。

お祓い

小池君を送って数日ったったある日、いつもは軽口な神戸さんが突然に「この部屋には死神がいる。お祓《はら》いをして部屋を清めて、死神を追い出そう」と真顔で吾々に言った。

「お祓い」という言葉が突飛に聞こえて皆は顔を見合わせたが、そう考えたくなる程に、突然の死が短時日のうちに続いて、全員が重苦しい気持ちに囚《とら》われていたことは事実である。

その日は丸山さんのちょうど四十九日にあたり、二宮さん、小池君とともに三名の慰霊を兼ねることにして全員が賛成した。

実家が神社である私が祝詞と祭事の指導を行なった。神主役は神戸さんである。山から榊《さかき》を取ってきてそれらしく祭壇を作り、病室の全員が順に玉串を捧げた。看護婦も、また共産党シンパといわれている大澤医師も、神妙に玉串を捧げた。

終わって榊類は病院の脇の山で燃やした。煙がゆらゆらと風のない空に昇っていく。三人の霊魂の方へ導かれていくのだろうか、吾々は暫くその煙の行く先を見つめていた。

偽神主の神戸さんのお祓いで、果たして死神は退散してくれたかどうかわからないが、付添いのおばさんたちから好意でもらった神饌のイモなどを、直会《なおらい》として食しているうちに、冗談も飛び出し、重苦しく淀んだ部屋の空気は、すっかり明るさを取り戻した。

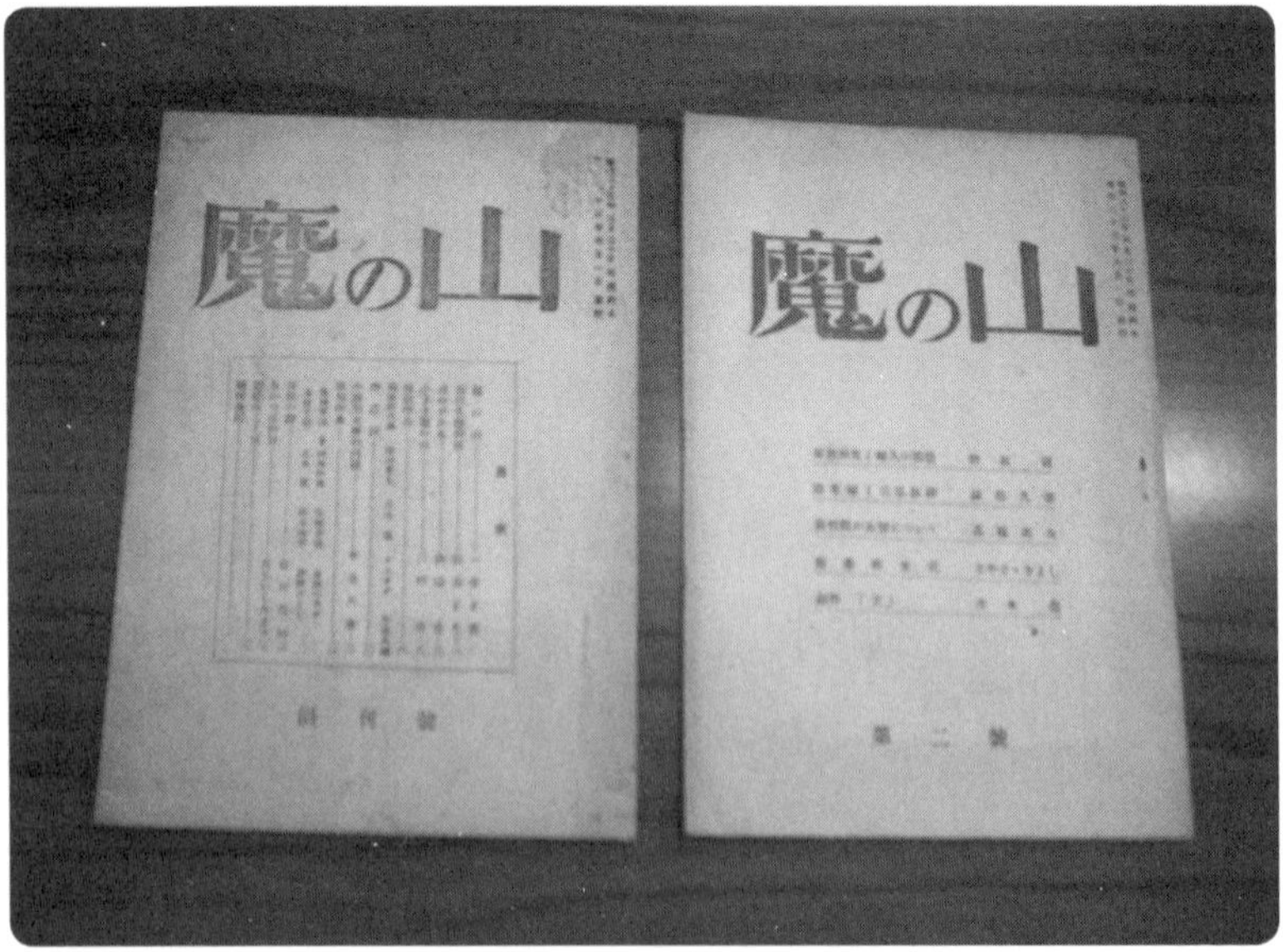
魔の山
創刊號
魔の山
第二號

第三章　死と生と

回復への兆し

五月の中頃から私の体重は目立って減りはじめていた。そしてこの頃では、ベッドの乗り降りにも息苦しさを感じるようになり、全ての動作が緩慢になってきていた。高尾寮にいた頃は四十八キロ程あった体重も、一週一度の測定では四十二キロを割る程になってしまった。食欲は全くなくなり、寝返りにも息が弾む。前まではX線室まで歩いて行けたのに、今はストレッチャーのお世話にならねばならなくなったのである。

「――さん御覧なさい。ほら、貴方の心臓がこんなにはっきり見えますよ」

真暗なX線透視室で、私の気胸の状態を透視板越しに見ていた大澤医師が弾んだ声で言った。私は透視台の上から首を曲げられるだけ曲げて、自分の胸を覗き込む。

青く映し出された私の胸の下部から中程までがやっと伺えたが、そこに確かに私の心臓がピクピクと動いている。私の両肺は気胸療法のためにすっかり上の方に押し上げられ、心臓が胸部の空間の中に宙ブラリンに浮かんでいたのだった。

長い間の気胸療法により肋膜が肥厚《ひこう》し、さらに空気の注入で胸郭内の圧が高まる。そんなことの積み重ねが、私の押し上げられた両肺をさらに極端に押し潰している。

私は、呼吸の苦しいのを医師に黙っていた。肺が縮めば縮む程に、おぞましい病巣は押さえつけられ、菌の増殖に必要な酸素の補給が絶たれ、白血球をはじめとした私の身体の中にある戦闘部隊は、結核菌を取り殺すための難しい戦いを、さらに有利に導いてくれる筈だ。極めて危険な素人判断だったかもしれないが、その時の私はそう深く信じ込んでいた。

この時私の両肺は、肋膜内の強い陽圧で、本来の大きさの二分の一程に縮みこんでしまっていたのである。一度など、気胸療法のための針を肋膜内に刺し込んだ途端、パンパンになっている肋膜内の空気が気胸器具内を逆に吹き上げ、灌注《かんちゅう》気管支を圧押《へしお》り、赤く染めた消毒の水を噴き出させて、診察用ベッドの白いシーツを赤く染めてしまったこともあった。

こんな状態だったが、幸い肋膜が破れることもなく、また胸郭内にも水はたまらず、菌の増殖も抑えられていた。そのためにガフキー号数（喀痰中の結核菌数）はマイナスとなり、培養検査もマイナスになってきた。赤沈は一時間値五ミリ以下、二時間値も十ミリ前後で、数字の上では治療効果は目覚しく上がっている。しかし、それに反比例して息苦しさはひどくなってきていた。

たまたまの院長回診で、ベッドから体を起こすことにも息苦しくしている私を見て、院長は大澤医師を強く注意した。私も呼吸の苦しさをついに白状した。

この院長回診というのは二カ月に一度ぐらい行なわれていた。大学病院の教授回診程には堅苦しくはないが、病棟の医師たちや婦長を従えて柴田正名院長自ら聴診器を取り、主治医の報告を聞き、カルテを見ながらそれぞれに指示を与えるのである。院長は私のX線写真を見て、余りにも肺が縮みこんでしまっているのに驚いたらしい。戦争帰りの新米外科医、大澤医師の無謀な気胸療法によって、私の胸郭の頑固な空洞は完全に押し潰されていたのである。内科出身の院長には全く考えられない程の無茶苦茶な気胸療法であった。

この院長回診以後は、気胸施術も隔週以上の時間を置き、マイナス一から二程度の陰圧を維持する程度の施術に変わった。縮みこんでいた肺も次第に伸びてきて、私の息苦しさは急速になくなり、食欲も回復して体重も目立って増えてきた。

幸い、肺は伸びても一旦縮んだ病巣部分は殆ど広がらず、病巣も新しかったのだろう、X線でもよく注意しなければ判別できぬ程に、カベルネは確実に潰されていた。培養マイナスの値は高くなり、首の腫瘍も薄紙を剥ぐように治癒していった。テーベ三期の私に約束されていた確実な死への道は、大澤医師の極端な気胸治療法によって軽快退院の方向へと変わっていったのである。

私の生は、慶應大学病院の笹本教授、保生園の足立先生、そして新米医師の大澤医師のおかげである。

保生園の住人となって二回目の夏を送り、再び秋を迎える頃、私は外科的処置をすっかり終え、八カ月ぶりで古巣の高尾寮五号室に戻ってきた。

短い期間だったが、一生の友人になったかも知れない小池君をはじめ、丸山さん、二宮さんを送り、悲しい思い出の隅田寮だった。

高尾寮での秋

病室の窓の外、本館の先の一面に打ち続く黄金色の畠の向うに、東から西に一筋の鉄路が伸びている。東村山駅から分かれて貯水池まで続く西武電車の単線の鉄路である。

太平洋戦争の激化とともに同線は廃止となり、全く雑草の中、ひっそりと眠っていた。その列車がこの頃から運転を始めたらしく、ちょうど私が高尾寮へ戻ってきた時、その一輌が黄金の波の中を掻き分けるように、慎しく貯水池の方へ走り去って行った。

保生園の秋は、集会所脇の一抱えもある木犀《もくせい》の花の香りに始まる。

たわわに伸びた、全ての枝という枝に金色の花を一杯につけて、思いっきり甘い香りを四方に漂わせている。風の向きによっては、七、八十メートルも離れている吾々の病室へもその香りは届く。私は春に香る沈丁花《じんちょうげ》のくどいような甘酸っぱさより、木犀の爽やかな香はしい甘い香りが好きだ。

去年の秋、病室で初めてその香りに接した時、それがどこからくるのかわからなかったが、今私はその木の傍らで、散り落ちてもまだ香りを一杯に持っている花々を手で掬《すく》い、この香りを思いっきり吸い込む。

ひょっとすると自分は生きられるのかもしれない。

淡いながらこんな希望を持てるようになってきて、私はこの秋の一時《ひととき》を染々《しみじみ》と味わった。

木犀に続いて、保生園の秋の花はコスモスである。

芭蕉はねむの花を西施《せいし》に譬《たと》えたが、呉越の昔の西施は、このコスモスにも相応《ふさわ》しい。どの病室の窓の辺りにもコスモスは一面に茂り、白い淡いピンク、赤い花びらを秋の空に向かって一杯に開いている。

胸を病む清楚な乙女が、放心したように秋風の戦《そよ》ぎの中に佇《たたず》んでいる。そんな風情がこの花にはある。

私が再び高尾寮五号室に戻った時、私と入れ違いに退院間近の浅田さんが外気舎に移り、私がその後の窓際のベッドを使うことになった。

廊下側のベッドの橋本さんは相変わらずの病状なのか、寝たきりの姿で私を迎えてくれた。

私の隅田寮から高尾寮への移動は、病院全体の患者移動の先触れであった。自前のボイラー設置で化膿の症状がなくなったことに自信をつけた病院側は、ますます外科に力を注ぐことになり、外科手術待機の病棟だった相模寮を長良寮と同じ外科病棟とし、女子寮の隅田寮を外科手術待機とアフターケアの病棟にすることになった。

そのため、隅田寮の女子の内科患者は、それまで閉鎖されていた高尾寮別館に移ることになり、外科処置のなくなった私がまず高尾寮に戻されたのである。

こうした方針から、高尾寮の元気な患者は外気小屋に転出し、空いたベッドには一般入院者の他、周辺のサナトリュームから手術の予定者が入ってきて、昭和二十二年の秋から翌年の二月頃までは、廊下を行き交うストレッチャーや看護婦たちの慌しい動きが、病院全体に大きな活気を与えていた。

五号室も、二ベッド増えて八人部屋は満床である。窓際の私の隣に木村君、その先に石田君と、ともに十八、十七歳の同年齢の青年がおり、さらに廊下際には鈴木正男さんという三十歳ぐらいの所沢の薬屋さんがいる。

私の向かいの窓側に花ちゃん、その隣は背のひょろりと高く、どこか太宰治の風貌がある法政大仏文科学生の中里さん。その隣は板屋さんで、十九歳の彼の実家は浴場経営だという。その隣、廊下側に時計屋の橋本さんが寝ている。

中里氏は手術を終え、外科の長良寮から移ってきたのだが、入院の時期は私と余り変わらない。病室では私も古参組になってきた。

療養所という生活

昭和二十二年は、日本中が水泳の話で沸き返っていた。その夏に日大の古橋廣之進が四〇〇メートル自由形で世界記録を出していた。

当時は未だラヂオを病室に持ち込んでいるものは少なく、吾々はこの放送を聞くため、コウセキラヂオの製作に夢中になったのである。

ラヂオ部品のバリコンと小さな抵抗器、それに鉱石を用意して、エナメル線を巻きつけてコイルを作る。配線は単純で、呼鈴線をアンテナにしてレシーバーで音を再生させるのである。

これは作業も簡単で、費用もレシーバーに少し予算を出す程度なので、全病室に爆発的に広がっていった。

このコウセキラヂオは、患者たちの毎日の無聊《むれん》を随分と慰めてくれたのである。

「――さん、なにを興奮して話しているんですか」

年も押しつまったある日の夜、夕食が済んで消燈までの所在ない時間を、同室の木村君と声高に話している私のベッドの傍らに、洗面器を小脇に抱えて一条正美さんが立っていた。

　彼は二号室の住人で、もと東京外語ロシア語科の学生である。学生時代からの共産党員で、病院は勿論、東村山地区共産党の象徴的存在である。年齢は三十歳を少し超えたばかり、痩せて、青白い彫りの深い顔の広い額いに漆黒の髪がたれさがり、それを片手で払うようにして私に笑いかけている。

「一条さんは、もう寝る準備ですか――今、古橋の記録はたいしたものだと、話していたところですよ」

　一条氏は興奮すると少し吃る癖がある。

「そう、せ、せけんは大袈裟に騒ぎすぎます」

　彼は話に乗ってきた。

「日本人の全てがそういう力を持てない現状で、独り古橋が大きな記録を立てたからといって、国を挙げてのお祭り騒ぎは大人気ない。こうしたことに目をそらすことなく、一人一人が古橋に近い力を持てるような社会を作っていかなければ――」

と真面目な顔で私たちに言う。

吾々が素直に喜んでいる中に突然に入ってきて、こんなことを他の人が言えば、全く座は白けてしまうのだろうが、不思議と一条さんにはそれがない。人徳というのだろうか。世間の嫌らしさや駆け引きを知らず、純粋で一本気で、ロシアの解放作家レールモントフの研究者である彼は、病院では医者も一目置く存在なのである。

一条さんは入院してもう七年程になるという、病棟では数少ない戦前派である。この病院には一条さんのような長期療養者が何人かいるが、私は彼等がどのように入院費を賄っているのか不思議だった。

殺人的インフレの時代で、入院料も半年に一度は改訂されて、それも倍額以上の値上げである。私のような学生や中小の自営業者とその家族には、当時加入すべき保険はなく、入院費用は全て自費負担が常識だった。長期入院が必要な療養所などでは、家族の経済負担は深刻なものだった。

しかし一条さんをはじめ長期療養者たちが、その点、少しもこだわらず悠々としている。私は、フジヤマの飛魚、古橋の話を終えたところで一条さんにその訳を尋ねてみることにした。

一条さんによると、結核などによる長期入院の場合、自分の居住している地区の民生委員に医療券の申請をし、その交付を受けて事務手続きを行なえばよいとのこと。さらに身寄りがないものは、生活扶助で月々の小遣いも支給されるという。たまたま私の父が地区の民生委員をやっていたので、このことを早速家に連絡し、その手続きをとることにした。

一条さんのいる二号室には、こうした医療扶助、生活扶助の長期患者が何人かいる。しんちゃんと呼ばれている二枚目を自称する白面の青年は、羽左ェ門の切られの与三の科白が得意で、自らテンプラ学生と公言して、学生服に日大の学帽をかぶり週三回は外出し、夜遅く帰ってくる。学校に行っている様子はまるでない。なにか闇のブローカーのようなことをしているらしい。

奥さんと離婚話の最中という鈴木さん。四十がらみの日本人離れのマスクを持つラヂオ屋さんで、患者たちは勿論、職員のラヂオや蓄音機の修理や組立を引き受けるので、ベッドの傍らには電気ゴテやラヂオ部品が積み上げてある。

三号室の富里さんも鈴木さんと同年輩らしいが、付添いの一七〇センチはある大女の奥さんを商品仕入係にして、東村山の農家から野菜を病院の患者や付添いに流している。

一条さんは、ロシアの詩人レールモントフの翻訳者として、岩波文庫その他に作品を発表し、その印税は彼の病院での生活の主要な財源になっているらしい。それらの人たちにとっては、療養は即ち生活であり、全く人生そのものなのである。

そして私も、こうした療養所の空気の中に少しずつ身を浸していく。

保友会

昭和二十三年正月。保生園二度目の新年をメリケン粉のダンゴで祝う。

年が明けても、前の年の暮れからの慌しさはまだ引き続いていた。高尾別館への隅田寮女子患者の引っ越しである。しかしそれも二月初め頃までにはどうにか終わり、病棟全体が落ち着いてきた頃、吾々のところにララ物資として衣類の寄贈があった。衣類といってもアメリカ人の中古衣料で、それもピンからキリの品物。新品同様のズボンもあれば、全く古着屋さんでも引き取らないダブダブで着くずれた背広やオーバーもある。

これを公平にわけるのは難しい。生活扶助者を優先させるとか、寝たきり患者には服は不要だろうとか、種々と注文をつけるものがいる。吾々に言わせれば戦災者も一考してもらいたいところだが、何か他人の恩恵を受けることへの抵抗もあって、黙って成り行きを見ていた。

病棟から選出されている二名の患者委員が相談して、結局抽選と決まったようだ。私には夏用の少々派手なズボン、外人並に長めだが、なんとか使えそうなのが回ってきた。

四月、小綬鶏《こじゅけい》は甲高くチョイトコイと鳴く。

この時期は病棟委員の改選期である。ここのところ培養マイナスが続き、気胸療法も順調な私に投票が集まった。高尾寮からのもう一人は二号室の小倉君。高千穂高商の学生で私より一年下である。彼の家は渋谷にある私の大学のすぐ近くにあり、通学の途次その家の前を通るので私もよく彼の家を知っていた。奇遇である。

病棟委員は高尾男子寮と高尾女子寮（別館）、東京ガスの平心寮、帝銀（三菱銀行）

の武蔵寮、それに秩父寮、筑波寮、外科待機病棟になった隅田寮の七つの各病棟から二名が選出されている。長良寮、相模寮の外科病棟は隅田寮選出委員が代行する。

それでも七病棟から十四名の委員が半年交替ぐらいで自治会の運営にあずかる。主な仕事は、患者の希望、意見を役員会に伝えたり、回覧板の管理、会費の徴収、各病室持ち回りの病棟会議の座長等々、要するに雑用係である。

そしてこの病棟委員を選挙人として、自治会である保友会の委員長、書記、及び会計が投票で選ばれる。この人等は役員と称して保友会を代表して、病院当局との月一回の運営懇談会に参加、また日本患者同盟という結核療養者の全国組織を通じた他の病院の患者会との連絡、回覧の作成、委員会の招集などを行なう。

役員は体力のいる仕事なので、安静度五度以上、主に病棟委員を経験した外気舎患者か、内気患者でも患者運動に熱心な面倒見のいいものが選ばれる。

内科の患者たちの一日は、六時の検温で始まり、三回の食事があり、夜九時の看護婦の見廻りで終わる。その間は、ただベッドに仰むいて読書するか、終日《ひねもす》うつらうつらしている。そんな毎日の連続である。病状の差で多少の相違はあるが、全く退屈の積み重ねの中で只管《ひたすら》に時間を送り続けている。

こんな時、ちょっとした思いつきでも、それが刺激になって寮中が興奮する。

私の病棟委員の時、たまたま画学生が探ねてきた。アルバイトに患者の似顔絵を書かせてくれという。一人五十円というのを、高尾寮の全員分を注文するからと言って半額に負けさせた。高尾女子寮の委員とも相談して乏しい寮費で支払い、高尾本館と別館の全員の似顔絵を書かせることにした。重症者や女子患者の中には渋るもの、拒否する者もいたが、兎に角説得した。画学生は、三日程通って全員を書き上げた。

プロである。絵具を使い、流石によく特徴を捉えて描いてある。私はこれに病室番号と名前、年齢は各々自由とし、一言ずつメッセージを書かせて、これを全病室に回覧させた。

それまで、高尾寮と高尾女子寮は委員を除いて殆ど交流がない。まして寝たきりの患者たちにとって隣は何をする人ぞ、である。似顔絵も漫画で暗いイメージはなく、暫くは病棟中がお互いの存在を想像し合い、浮き浮きした空気に包まれた。企画は大当たりで、私は名病棟委員の評判を得た。これも、以前に女子寮である隅田寮にいたため女子患者たちとは顔見知りで、交渉はお手のものだったからである。

筑波寮の委員は松岡氏という、池袋にある老舗の蒲鉾屋の二枚目若旦那である。彼の美人の妹さんが、五月に花柳流舞踊を披露しに、師匠、一門とともに慰問に来てくれた。集会所には動ける患者は勿論、看護婦、付添いの他、院長や医局、薬局の人までやってきて満員盛況の大成功だった。

このことが刺激になったのだろう。秩父寮、筑波寮の委員から保友会の重点を、今までのような政治路線から、もっと文化路線の方へ置くべきだとの意見が出た。そして秋の文化祭に、患者たちによる演劇上演を計画しようという案が委員会に提案された。

吾々高尾寮の委員はこれに反対した。全患者から徴集される零細な会費と、病院からの補助金で運営されている今の保友会の現状で、演劇の自主上演は無理なことであるし、また、急務となっている患者の生活防衛上の予算ですら足りない現状なのだ。

しかし彼等は、サークル活動としてこの計画を練りはじめた。左翼の一条氏に指導される吾々高尾のグループと、比較的有産階級が多い秩父、相模のグループとでは、些か自治会に対する認識が違っているようだ。


演劇上演計画の中心は、保友会委員長を兼ねている大森氏という秩父寮選出の委員と、筑波寮の松岡氏、それに売店経営者の島さんである。島さんは日大芸術科出身で、ここの保生園での療養中に知り合った看護婦さんと結婚して、ここに売店を開いている。しかし商売は専ら奥さんに任せて、自らはベレー帽にマドロスパイプ姿で、芸術づいている患者たちの溜り場の中心人物になっている。

演劇上演は彼らを中心に、自治会である保友会とは関係なく進められることになった。吾々は殊更《ことさら》に無関心を装っていた。

板屋さんの恋

板屋さんはなかなか愉快な男である。

筒袖の絣《かすり》の着物に子供用の帯を締め、喉が悪いといっていつも白い布を首に巻いている。顔はどちらかというと色黒で、縮れた髪は五分刈である。二十歳前には見えない幼さを持っている。

天真爛漫、楽天的で憎めない人物なのだが、その彼が何のきっかけか、筑波寮の女子患者に好意を持つに至った。夏の夕べ、早々と済ませた食事のあと、彼はいそいそと筑波寮へと出かけて行く。

消燈後に行なわれるいつもの放談の一時《ひととき》、話題の中心は専ら彼のその恋愛に集中する。彼の語るところによると、彼女の名前は佐川諒子という。彼女の部屋は筑波寮の二人部屋で、相部屋の患者は三十歳をいくつか超した女学校の教師だそうである。

しかし、毎晩訪問の彼の話し相手は、専らその教師の方であるという。つまり彼の目的としている佐川さんは、彼には別に何の関心も示していないし、滅多に口も聞かないらしい。彼女のほうは、彼の毎夜の如き訪問の目的は女教師の方であると考えていたのではないか。

こんなことで消燈後の放談でも、彼はだんだん絶望的な溜息を吐くようになってきた。軟派文学のオーソリティーを自認する中里さんなどは、事細かに愛の獲得のテクニックを話して彼を唆《そそのか》すが、彼はすっかり消極的になっている。

それでも夕刻になると、生来の楽天家の彼は皆に励まされながら、意気揚々と出かけて行くのだが、やはり結果はいつも同じようだ。

そのうち、彼がやってくると彼女は部屋を出て行ってしまうという。彼は帰るわけにもいかず、女教師と話をして時間を潰して戻ってくる。そんな日がだんだんと多くなってきているようだ。別の情報では、彼女のほうは蒲鉾屋の若旦那の松岡氏と親しいらしい。つまり板屋君は完全に三枚目の役割を演じているのだが、本人はこのことには全く気がついていない。

私にとって見知らぬ女性だし、彼自身も吾々に話すことにより満足を感じている様子なので、私も気楽に無責任なことを言っては彼を嗾《けしか》ていた。

そんな日々の繰り返しのうちに夏も終わり、秋に入ると秩父、相模グループの新劇上演の話である。演目はゴーリキの「どん底」に決まった。大森委員長は持ち前の政治力を発揮し、バタ臭さに弱い病院事務長から応分の費用を獲得したらしく、いよいよ話も具体的になってきた。

演出は島氏、脚色は中里氏、プロデューサーは松岡氏で、主演は大森委員長、ヒロイン役は佐川諒子というニュースが伝わってきた。上演は十一月の文化の日を予定しているとのことである。

勿論、板屋氏も出演を申し込んだという。役はダッタン人とのこと。彼としては、意中の彼女と芝居が出来るのだという事実に喜びを感じ、芝居の経験がないことなど全く気にすることもなく、持前の好感の持てる厚かましさで、出演を獲得したのであろう。

ここまでくると彼を余りにも煽りすぎたかな、と些か後悔させられるが、夢中になっている彼に忠告しても聴くわけもないので、成り行きに任せることにした。

芝居の稽古は安静時間明けから夕食時までやっているらしく、彼は三時の検温を済ますと早々に病室を出て行く。

花ちゃんも大道具係として出かけて行く。演劇上演を自治会で行なうことに反対した私は徹底的に無関心を装ったが、もう一人の高尾寮委員の小倉君も出演するらしい。

暫く経ってから、安静明けに出かけて行く板屋氏の目が熱っぽく潤んでいるのを、時々感じるようになった。

何気なく保健室の彼のカルテを見たが、体温を示すグラフは正常を示している。声もかすれているようだが、体調は順調だと回診の時、主治医に告げている。芝居に出演していることは医師には隠しているらしい。何かの不吉を私は感じた。

上演の日も迫ってくると、安静時間後だけでなく、夕食後から消燈までの時間まで練習が続くようになり、彼は大部疲れてきているらしく見えた。

十一月三日の当日、集会所は見物人で一杯だった。集会所はもともと映画上映も可能な設備になっているので、暗幕で会場を暗くして、照明を使い、雰囲気を充分に盛り上げている。

舞台装置も凝っているし、役者の衣装もメーキャップもなかなかたいしたもので、演技力を別にすれば築地あたりの新劇舞台を見物している錯角を起こさせる。にわか役者とスタッフでもここまで出来るのかと、感心させられた。

私は初めて佐川諒子を舞台で見た。繊細な感じの、小柄な美人であった。

板屋氏も結構それらしくやっているが、何か元気がないように私の目には映った。

十二月の声を聞いて間もなく、板屋氏は熱発し、ベッドから起き上がれなくなった。連日、熱が八度から九度を示して、声も出なくなっていた。

家から母という人が付添いに来たが、秋口までのあの元気な明朗さは全くなくなり、氷嚢《ひょうのう》を額に乗せて、いつも目を閉じていて、たまにその目を開けても、吾々に微笑みかけるだけである。

芝居の練習の頃も恐らく微熱があったのに、平熱を装って看護婦の手前を取り繕っていたのではなかったか。喉頭結核の症状も伴い、芝居の練習はこれをさらに悪化させたようだ。

シューブ※は急速に彼の命に迫ってきたのである。彼は年の暮れに近づく頃、あれ程に夏の間通った筑波寮の個室に移っていた。

※　シューブ……肺結核の再発。

彼が死んだのは、年が明けて春にはまだ遠い一月の末であった。

吾々は彼の枕元に最期の別れを告げるべく訪れたが、穏やかな死顔はまるで微笑んでいるようにさえ見えた。

だが彼の最期の病室となった筑波寮の個室には彼女の姿はなかった。

彼の恋は結局、片思いでしかなかったのだろう。自分の中だけの思いに二十歳の青春の全てを懸け、そして慌しく燃え尽きて逝ってしまったのである。

病院でも彼の死は問題となり、患者演劇は禁止となった。

壮絶な戦死

同室の石田君は、蒲田に自宅のある工員で、年齢は十七歳である。週に一度は母親が面会にやってくる。

小柄で、性格は明るく快活で、白く滑らかな顔の肌は全く未だ少年というにふさわしい。私たちは彼を坊やと呼んだ。

石田君は入院時、既に胸に大きなカルベネを持っていたのである。私は偶然、保健室で彼のカルテに書かれた胸部のスケッチを見てしまった。

しかし石田の坊やは、自分の病状をよく知っていたのである。そして、そのことを快活に、まるで他人事のように話している。熱はないらしいが、そんな日常における生活の中の彼の明るさを、私はよく理解できなかった。

彼の表情にふと翳《かげ》りを見たのは、私が「今度の正月には小綬鶏を掴まえて雑煮を作ろう」と話した時のことだ。「僕はいないかも知れない」と呟いたのである。

私は一瞬、その意味が理解できなくてキョトンとしてしまった。

彼は何事にも猛烈な好奇心を示す。

殊に性の問題についてそれが特に強いようだ。

消燈後の討論会では彼がいつもそうした問題を提起する。性については吾々も殆ど無知なので、応えるのは専ら遊び人を自称する仏文出身の中里氏である。彼はちょうどその頃、秩父外気舎にいる中山という中年の女性と交際しているというのが、専らの噂であった。

話が少し具体的な機微に触れてくると、妻帯者の橋本さんの意見を求める。重症の橋本さんもこの時は多少の反応を示して、吾々の討論会に加わってくる。

板屋氏がまだ元気な頃は、さらに話題は尽きなかった。

その石田の坊やが、板屋氏が亡くなって間もなくの頃、小喀血を起こして喋ることも起き上がることも出来なくなってしまった。

しかし絶対安静ではあっても、その目はニコニコと明るく、いつまでも吾々に何かを語りかけているように輝いていた。

母という人は小柄で温厚な婦人だ。彼は長男で、弟が一人いるという。喀血を起こしてからは、付添いのために付添い部屋に泊まることが多くなった。

小喀血がしばしば繰り返されるようになり、彼は筑波寮の個室に移っていった。ストレッチャーに寝かされて病室を去る彼の、吾々に応える目は、明るくきらきらして、その口許は微笑を一杯に湛《たた》えていた。

一月《ひとつき》程して、彼が危篤になったとの報せを花ちゃんが吾々の部屋にもたらした。私は早速に筑波の個室に彼を見舞った。

痛々しく痩せてしまっていたが、目の輝きは失せてはいなかったし、口許の微笑みもなくなってはいなかった。

ちょうど大喀血の最中で、血の生臭い独特のにおいが部屋中に満ちていたが、その中で私を認めた彼は、いつもの人なつっこいニコニコした表情で、

「さようなら!」

と私に、はっきりと言った。
私は思わず彼の手をしっかりと握り締めて、
「がんばれよ！」
と声にならない声で彼に応えた。

そして病室を辞して一時間も経たないうちに、窒息を直接の死因として死んでいったのである。

私は今まで死を醜悪で、陰気で、おぞましく、やりきれない程の孤独なもので、恐怖に近い感情とともに考えてきた。しかし石田君の、あの生き生きとした目で、そして微笑みかけるようなその口許で「さようなら！」と、私に最期の別れを告げて死んでいった彼の死は、私に強い衝撃を与えずにはおかなかったのである。

戦争中、「天皇陛下万歳」と言って死んでいく兵士の話を、全く信じることが出来なかった私は今、石田君の死にざまを見て、それが全くのフィクションであるとは言ってしまえない何かを感じた。

壮烈な戦死。

彼の死はまさにこれであろう。

昭和二十四年早春、うすら寒い一日のことであった。

彼の死後間もなく、重症の橋本さんはちょうど空いた（ということは、そこの使用者が死んだということだが）高尾別館女子寮奥の個室に移っていき、中里さんは外気小舎に転室し、鈴木さんと木村君が退院した。板屋、石田両君は亡くなり、五号室のメンバーは私と花田君を残して、すっかり変わってしまった。

保友会文庫

保生園の春はやはり桜に代表される。

正門脇の見事な染井吉野は、職員宿舎のある丘の中腹あたりにも程よく配置されていて、鮮やかな開花期を迎える。

病棟が点在する山のあちこちにも、緑の松や芽生えはじめた楢《なら》や櫟《くぬぎ》の林の中に、明るく美しく精一杯に咲いている桜の花を見出すことが出来る。

肌寒い日がまだ続くなと思っている間に、開放されたガラス窓ごしの風は、いつしか畠の上を吹き抜けていく南風に変わって、それまでの乾燥した日々は、雨を伴った曇日に少しずつその場所を譲る。冬の間、病室一杯に差し込んでいた陽射しもすっかり遠慮がちになり、窓際で侵入を躊躇しだす頃である。

桜の花の季節になると小綬鶏の鳴き声は一段と活発になり、鶯、尾長、百舌《もず》、など吾々の周りは、これらの小鳥たちの囀りに取り囲まれる。

生きているという実感がしみじみと湧いてくる日々である。

高尾五号室は、板屋、石田両君の転室もあって、窓側の私と花ちゃんの他は全部入れ変わった。

個室に行った橋本さんのあとには、酸素販売屋の息子の金子さん、板屋氏のあとに明大商学部の学生という片岡さん、私の隣、石田君のあとは、荻窪駅前通りで紳士服販売をやっている五十年配の東さん、その隣は手術を済ませて相模寮から下りてきた佐和さん、廊下際の退院した鈴木さんのあとは東大哲学科の滝原さん、そして秩父側外気舎に出て行った中里さんのあとは、暫く空きベッドのままであった。

安静度二度の滝原さんを除いて、他は皆三度以上の病気の安定した患者たちである。

滝原さんの病状は決してよくはない。手術は不可能とのことだが、寝ていてもなかなかの話好きである。藤原工業大学※を卒業してから東大へ入ったということで、年齢も二十五はとっくに過ぎていると思われる。カソリック信者であり、保生園で行なわれるバイブル研究会の理論的指導者でもある。付添いには七十年配の彼のおばあさんがついている。

私はこの頃には安静度は四度となり、保友会文化部長という役をおおせつかっていた。そして同じ病室の花ちゃんや佐和さん、それに筑波病棟のアメリカ二世という三十年配の畠山さんの協力を得て、保生園の図書室の開設に取り組むことになった。

従来、各病棟にはそれぞれ患者用の食堂があり、その片隅に申し訳程度の書棚が置かれて、図書が数十冊程並べられている。捕食をしなければならない給食事情からか、元気な者を含めて、全員が配膳車で運ばれてくる食事を各々の病室で取るので、食堂は全く有名無実になり、病棟の患者たちの間で開かれる何かの会合以外、余り使われていなかった。それらの食堂にある活用されていない図書を各病棟から集めて補修、整理し、さらに一般からの不用の本の寄贈も受けて、図書室を新たに作ろうと私等は思い立ったのである。

このことは病院側も協力的で、売店脇の空き部屋になっていた患者面会室を図書室にして使用することを許され、さらに新しく書棚も設営してくれた。

私たちは各病棟から図書を集め、テーブルの上に堆《うずたか》く積み上げた。その中には表紙がとれたり、すっかり分解されてしまっていたり、また辛うじて二、三本の糸で繋がっているものや、背中の見出しがなくなってしまっている本などが、数多く含まれていた。最初の大仕事はこれらの本の修理である。女子患者の元気な人たちにも応援を頼み、この地味で、結構体力のいる整本の仕事に取り組んだ。

※　藤原工業大学……現在の慶應義塾大学理工学部

まるで製本工場である。錐《きり》で穴を開けて麻紐《あさひも》を通す者、ニカワやノリで背扉を貼り合わせる者、表紙をなんとか苦心して取り付けようと工夫する者、私たちの製本作業は、安静明けの午後三時から夕食までの時間、毎日続いた。

出来上がった本を、痛んでいないものと一緒にして台帳に分類記入してから、図書と台帳に番号をつける。こんな仕事も数百冊となると大変な仕事である。

これらの仕事を、畠山さんは異常な熱心さで吾々を引っ張っていく。

進駐軍の通訳だそうだが、若い美人の奥さんと小さな子供が一人いる。最も日本的な二世である。日本的というのは、頑固で、短気で、大変なワンマン亭主だということだ。

彼は胸郭成形術を受けている。煙草好きで隠れて喫煙しているらしい。二世のイメージに似合わず日本の煙管《きせる》を愛用している。先日も煙管をくわえているところを看護婦に見つかり、強く注意を受けたが、「ただくわえているだけで煙草は喫っていない」と主張し、看護婦を遣り込めていた。痩せて目がくるくると大きな、愉快な人物である。

アメリカではコック見習いをしながら、大学を卒業したという。文庫が完成したら、腕によりをかけたスパゲティミートソースを御馳走してくれることになっている。

畠山さんが持つこの熱意さが、厭《あ》きっぽい私たちを引っ張って、保友会文庫と名づけた私たちの図書室は完成した。保友会文化部の可也《かなり》の予算を新刊図書の購入費に充てた。目録を印刷して各病棟に流し、希望の図書を貸し出すまでになった。

その後、図書整備を手伝ってくれた久保さんという女性患者の秩父外気舎で、畠山さん自慢のミートソースを腹一杯賞味したのは言うまでもない。

機関紙「魔の山」

私の文化部長としてのもう一つの仕事は、機関紙の発行である。

この年、共同募金会から二十万円の配分を受けた病院は、その使用目的を患者の意志に任せると表明し、吾々は運営委員会を招集した。

ピアノの購入、電蓄プレイヤーの各病棟への設置など、さまざまな意見が出された。募金の性質上、民生方面で使用すべきであるとの強い意見があり、社会復帰を前にした患者が、軽い労働で体を慣らすための作業舎の建設という案にまとまった。

これは病院当局の方針にも合致し、この案は早速に実行に移され、秩父外気舎の先の空地に四間×二間の約八坪程の建物が建った。地鎮祭は私が設営し、神戸さんが神主役で、柴田院長、舟木事務長も出席して行なわれた。

作業舎には取り敢えず謄写《とうしゃ》機が数台備えられ、原紙を切り、これを印刷する作業所として使用されることになった。蠟《ろう》原紙を切る作業は専門家に指導を依頼し、その講習会は十数人の希望者で作業舎は満員になった。

そして印刷技術習熟の材料にと、機関紙の発行が提案された。機関紙の名前はトーマス・マンの同名小説から「魔の山」と名づけた。

短歌や俳句はそれぞれのサークルから秀作を呈供してもらえばいいが、エッセイは適当な人に原稿を依頼しなければならない。当時、療養所保生園には多彩な人物が入院しており、いろいろな繋がりで保友会に関係していた。保健同人社の岡本正氏、持田製薬の御曹司、持田信夫氏、ピアニストの富永るり子さん、東宝映画監督の山本嘉次郎夫人、内田百間の娘さん、柴田錬三郎夫人（柴田氏は柴田院長の甥にあたる）、ロシア文学の一条正美氏、そして吾が部屋の保生園バイブル研究会の滝原さん等々、寄稿をお願いする人物には事欠かない。

そんなこんなで、私は安静時間以外ベッドにいることが少なくなり、主治医である織田先生から、

「回診の時ぐらいベッドにいるように」

と注意を受けたのもこの頃である。しかし、文庫開設と機関紙の編集という二つの仕事が、私にとって大変な勉強になったことは事実である。

事務主任の花岡さんはクラシック音楽のファンで、レコードも随分持っておられる。高尾二号室のラヂオ屋を営む鈴木さんの設計でプレイヤーを作り、花岡さんの協力でクラシック音楽鑑賞の集いも行なった。患者は勿論のこと、非番の医者や看護婦も私服で姿を見せる。野村あらえびす（野村胡堂）の名曲紹介から借用して、機関紙の上にレコード紹介欄などを作り、結構クラシックファンも出来た。

ダンスパーティも何度か開いた。当時ダンス熱は盛んで、医局の大澤医師や看護婦なども、勤務中にステップの練習にいそしんでいた。パーティ券は看護婦、職員を通じて所沢周辺の若者たちにも買ってもらい、これは利益を挙げて、自治会の資金を潤した。

前進座を招いたこともある。瀬川菊之丞が十人程の座員を携え、「父帰る」の演目が上演された。

保友会文庫も、蔵書も短期間にすっかり充実していった。私自身、カフカやサルトルを新刊で取り寄せ、まず自分で読んでから文庫に供した。ロマン・ロラン、ドフトエフスキー、トルストイ、チェイホフなど古典もの、「アミエルの日記」や、ヒルテイの「眠れぬ夜のために」など、この頃に読んだ本は現在の私の枕頭《ちんとう》にある。

第四章　天国街道

再び訪れる死——片岡さんのこと

こうして私の結核は順調に回復していった。しかし、死は常にここでは隣に控えていることに変わりはない。死神はなんの感傷も躊躇《ためら》いもなく、私の療友の枕元にも相変わらず立ち寄っていたのである。

板屋氏のあとのベッドに入院した片岡さんは八王子の生まれで、父君は尺八の先生とのこと。耽美派で、いささかペタンチックな明大の学生である。枕元に斉藤茂吉の『柿本人麻呂』の分厚い本がデンと置いてある。

添黒で豊かな長髪をオールバックにして、髭は濃いのであろう、毎日剃刀をあてている頬は青々としている。花王石鹸のマークを思わすシャクれた顔に掛けられたロイド眼鏡の奥の目は、いつもニコニコしている楽天家である。

女性を礼讃し、美に憧れ、芸術を論じる彼のオーバーな表現はいささか滑稽である。自ら二枚目を自負しているが、顔や胴に比較して少し短い足は、チャップリン喜劇の主人公を連想させる。

夕食を済ませると彼は鏡に向かい、刷毛《はけ》でたっぷり石鹸の泡をつけた顔に剃刀をあてる。匂いの強い化粧水とパウダーで引き締めたあと、手鏡を使い時間をかけて長い髪の毛を、櫛とチックできれいに整える。

散歩着に着がえてから、さらに洗面所の鏡に向かって自分の姿を仔細に点検したあと、サマータイムで夕闇にはまだ時間のある園内の散歩に出かけて行くのである。

「ガールハントですか、頑張って下さい」

私が声をかけると、片手を挙げてニヤッと笑い両手を振って出て行く。雨の日を除き、この日課は全く変わらない。

夜の討論会の時、今日の収穫は、との質問に、

「いやあ駄目だ。ろくな女性はおらん」

と報告するのが常であった。

そして彼の持論の女性論が展開される。

彼の理論からいくと、若く美しい女性は全て彼に恋をしなければならない、という。

しかし、彼の独自の理論に反して現実は些か異なるようであった。

稔《みの》りのない散歩は、ひと夏続いた。

一人の可愛い看護婦に手紙を書いたことがあったが、それをなかなか渡すことが出来ない。手紙の文案は何週間もかかって造り上げた苦心の作なのだが、結局渡すことを諦めた。

「彼女はつまらん」

こう言って、その恋の終了したことを吾々に告げるのである。

その頃、個室に移っていた橋本さんは、暑い夏を精一杯に頑張って、秋の色が濃く迫りはじめた九月の終わり、木犀の花の香りの中で死んだ。

そして片岡氏はこの頃から熱発に悩まされはじめたのである。

毎日八度五分から九度の熱が続き、氷枕を使い、濡れタオルで額を冷やしている。熱は午後から高くなるのである。

泣きそうな表情で

「困ったよ！　困ったよ！」

と吾々に訴える。

「風邪かも知れない。少し静かにしていれば熱も下がりますよ」

私はそう言って慰めるのだが、板屋氏の場合に症状が似ているので暗い予感にかられた。

日を重ねるにしたがい、体力も衰えるのであろう。

髭を剃らなくなり、青くやつれた頬に不精ヒゲがビッシリ生えて、哀れさがひとしおになった。

いつもニコニコしていた目は力なく閉じ、吾々を見る時も弱々しく訴えるように悲しげであった。

秋も深まる頃、片岡氏は個室に移り、板屋氏と全く同じように年が明けてすぐ亡くなった。

彼の最期を見送るべく、吾々は個室を訪れたが、あれ程に憧れた女性たちの姿は、彼の野辺の送りには一人も現れなかった。

おそらく病む彼の夢の中には何人もの美しい女性が、彼の広い枯野の中を追いつ追われつ戯れていたのであろうが……。

霊安所

診療棟のはずれ、隅田寮を右に見て、吾々が天国街道と称した坂道をだらだらと登る。雑木林の奥、赤松が何本か立派な枝ぶりを見せている中に、ひっそりと建つ小さな洋風の一軒家がある。

霊安所である。

その先はカーブを描いて下り坂となり、裏門へ通じている。

私は病棟委員からさらに自治会役員になり、会員であった死者の冥福を祈るため、何回か自治会代表として霊安所を訪れた。

一坪に満たない三和土《たたき》、三坪程の広さの部屋の畳は黒ずんで湿っている。その奥の柩を置く場所の前には、すっかり古くなって、ただみすぼらしいだけの蓮の花の造花一対と、灰が固く固まってしまい、その上にうっすらと埃が溜まっている白磁《はくじ》色の線香立が無造作に置かれている。荒れ果てた部屋の不気味さと、おぞましさをさらに倍加しているようだ。

ごく最近、霊安室でのささやかな祈りのあと、遺体の入った柩を持ち帰った家族が、告別式を済ませて最期の別れをするために柩の蓋を開けたところ、全く見知らぬ他人であった、という噂が囁かれたことがある。それ程に、死は頻繁にこの療養所に訪れ、屍体安置所は常に混み合い、祭壇に複数の柩が並ぶことは珍しくなかった。

霊安所の隣室は解剖室になっている。ある時、病棟に連絡を入れるため、予め看護婦から借りてきた鍵で隣の解剖室の戸を開き、電話を使おうとその室内に入った。台の上には全く無造作に、白布のかかった二つの遺体が丸太棒のように置かれている。

あちこちの壁がはがれ、黒ずんでしまった白壁の棚には、ホルマリンづけの、肺を主とした臓器の標本のガラス容器が、カルテ番号であろうか、数字と日付を貼られて寒々と並んでいる。

片方の屍体の白布から、ニューと突き出した、垢のこびりついたカサカサの足の一本が、通話のため受話器を把った私の着物の袖に絡んで、遺体がグラッと動いた。

全ての細胞が死に、ただ一個の物体と化した肉体は、本来その人が持っていた尊厳も、そして僅かな権威すらも完全に抜け出てしまって、ただただ不気味で醜悪な存在として解剖室に置かれている。

結核は未だ死病なのである。

アイスクリーム

隅田寮にいた頃のことである。

三号室に藤原美恵子という少女が居た。

十七歳、青山学院生で、食事の時以外は殆ど寝たきりの安静度二度の患者である。喉頭結核を併発しているので、声帯を使わず息を調整して囁くように話す。

夕食を済ませてから、何の用だったか彼女の隣の、寮委員をしている成清さんを探ねた時、彼女は書見台の本を静かに読んでいた。初めての出会いであった。

広い額、長い睫《まつげ》と、青い程に濁りのない白眼に囲われた大きな眸の、痛いような透明感は知性を感じさせる。濁りのない白い肌、よく通った鼻すじ、毛布を目深にしているが、全体を被《おお》いこんでいる不思議な透明感。藤原という姓から、私は薄紫のガラスの薔薇を連想した。

成清さんは温厚な四十歳ぐらい、上品な女性で熱心なカソリック信者である。二人のベッドの間にある椅子を勧められ、所用を済ませてから私は雑談を始める。彼女は十七歳の少女特有のはにかみで、私に目礼しただけで読書を続けていた。しかしいつしか、私たちの会話の中に囁く声で、遠慮がちに入ってくるようになった。

夕食から就寝までの時間帯は、見舞いの客も帰り、看護婦の行き来もなく、患者たちにとって最も孤独を感じさせる時である。

そんな理由《わけ》か、私と成清さんとの会話の中に、かなり多く彼女も入ってくるように

なり、いつしか読書をやめ、控え目な言葉とともに私たちの御饒舌《おしゃべり》の仲間になってい
た。成清さんは年齢的にも彼女の母親といった役割で、穏やかな微笑みの中でじっと
彼女を見つめている。

隅田寮の外科手術病棟化によって、彼女たちはともに高尾別館八号室に移ってきた。
成清さんは窓際に、彼女はその隣と、ベッドの位置は変わらない。しかし病状は進ん
できたのか、隅田寮では体を起こして食事をしていたのが、高尾別館に来てからは殆
ど寝たまま食事を取っている。

付添いの小母さんがついて彼女の世話をしている。佐藤さんという、六十歳程の無
愛想な人だが、親身になって見てくれている。

私は彼女が高尾別館に来た頃にはすっかり親しくなっていて、父親という人にも、
自治会がらみでお世話になった。

お父さんはテーチクレコードの部長さんとかで、私が自治会の文化部長であった頃

は、まだ手に入れることの難しかったレコード購入に、いろいろと便宜を図ってもらったことがある。

自宅は大田区雪ヶ谷にあり、母親もまた結核を患い、亡くなったそうである。今は新しい母との間に小学生の妹がいるとのことだが、入院後は、母という人も、妹にも一度も会っていないという。

この頃には成清さんの勧めでカソリックの洗礼を受け、心の平安を得ているように見えた。

私に対しては、兄に対するように接してくれる。時には甘え、時には怒る、というよりは怒ったふりをする。私が順調に回復し外気舎に移ったあとも、毎日のように彼女に会いに高尾別館を訪ねた。傍目にも仲のよい兄妹のようだと、同室の人たちに言われた。

コウセキラヂオを造って、彼女にプレゼントした時の、彼女の目の輝きは忘れられない。レシーバーを耳に充行うと感度もよく、シンフォニーなども澄んだ音を出す。寝たきりの彼女にどれ程の慰めを与えてくれるのか、そう思っただけで、染々《しみじみ》とした幸福感に私は浸る。

私が外気舎に移って暫くして、彼女の体調はさらに悪化し、筑波寮の個室に移っていく。

毎夕訪ねる習慣が所用で果たせなかった時など、翌日訪ねると拗ねたように口を尖らす。時には悲しそうな顔をする。個室の中でたった独り横たわる彼女に接すると、切ない程に胸が迫る。

頬がうす赤く、目も潤んでいる時、私はそっと広い額に手を当てる。

「熱はどのくらい?」

と尋ねる。

「今日は七度六分。食欲はないの」

と訴える。

筑波寮へ移ってからは付添さんも変わり、身体の不調と合わせて、淋しさが弥増《いやま》してくるのだろう。

私は昭和二五年、体調もすっかり回復し、五年間を過ごした保生園をあとにすることになった。

退院したあとも、隔週の診察日には必ず彼女の病室を見舞いに立ち寄る。微熱が続き、時には八度近くにもなるという。

何かしてあげられないかと気を揉むが、

「いいの……ただ病院に来た時は必ず寄って……」

と言う。

ある診療日。

初秋の日射しが、松の枝ごしに浅く病室に差し込み、コスモスの一群が一杯の花をつけて風に揺らぐ。

窓のカーテンを引きながら、

「今度来る時、何か欲しいものない」

と聞く。どんな時も「ない」と答える彼女だったが、今日は遠慮がちに、

「アイスクリームが欲しい」

という。

戦後の食糧事情も徐々に好転してきたとはいえ、アイスクリームはこの病院のあたりには未だなかった。

「わかった。きっと持ってくるよ」

彼女の手を握って「頑張るんだよ」と言うと、私の手を痛い程強く握り返しながら頷《うなず》く。しかし澄んだ大きな眸は縋《すが》るように私を見つめる。

青い程に濁りのない白眼は、熱に潤んでうす赤く染まっていた。

「帰らないで……」

彼女はさらに小さく囁く。

ちょうどそこに付添人が来て、私は思わず立ち上った。「よろしくお願いします」と言い残し、彼女をちらりと見て廊下に出た。面会時間が終わり、さらに病室に留まることは許されない。後ろ髪を引かれる想いで病院をあとにした。

目速く変わる窓外の、夕色濃い景色を半ば眺めながら、釣革に掴まり、電車の揺れに身を任せてはいたが、彼女の最後の言葉を思い起こし、不安と悔いを覚えた。悔いは身心深くに巣くって放れない。もう少し傍らにいてあげたらと、私の心は深く苛まれた。

二週間後。

診療を済ませ、筑波の病棟へ急ぐ。新宿で買い求めたアイスクリームは、もう溶けかかっている。

急ぎ足で彼女の病室のドアを開ける。

勝手が違う。

私は病室を間違えたと思い、入口の番号を見る。

間違いない。

しかし、彼女の名札はない。

室内には藁マット剥き出しの鉄のベッドがただ一つ、ポツンと置かれている。彼女を含めて、全てが消えてなくなっている。

信じられなかった。

ドアを開ければ必ず彼女がいて、私に向かって微笑む。いつもそうだった。今日もそうである筈なのだ。

地の底にすうと引き込まれるような衝撃が心を走る。

私を認めて付添人が慌しく駆け寄る。

「亡くなったの、もう一週間になるかしら」

さらに言い訳するように、

「おうちの人も——さんに連絡したいと言われ住所を探したけど、どこにもなくて」

と言う。

電話はまだ余り普及していない頃で、住所を知らせておかなかった私の落ち度である。

しかし、まさか突然逝ってしまうなど思いも寄らないことだった。

私は呆然としてベッドに腰を下ろし、ガランとした部屋を見回す。

あれ程に控え目の彼女が、「帰らないで」と願ったのは余程淋しかったに違いない。

それなのに……。

涙が出てきた。止まらなかった。

数日たって、雪ヶ谷の彼女の自宅を訪ねる。面識のある父親は不在で、母という人が応対に出た。

私のことは聞いているらしく、来意を告げるとすぐ霊前に案内された。仏式の飾りの中に、彼女の写真と俗名の白木の位牌、白い瀬戸の骨壷が置かれている。

洗礼した彼女は今、仏として祀《まつ》られている。

彼女ではない。彼女はもう何処にもいないのだ。

持参の花束を供え、線香を上げる。

彼女は答えない。私は謝ることも出来ない。

彼女と交わしたたわいもない会話すらそこには存在せず、ただ白い瀬戸の骨壷という冷たい物体だけがそこにある。

帰り際に、暗い廊下の向こう側、五、六歳の女の子が、隠れるようにして私を見つめていた。

「妹さんですか?」

随分会いたがっていたが、希望は適《かな》えられなかったろう。

母なる人へ挨拶もそこそこに辞去する。

帰り途、駅近く、社《やしろ》の杜《もり》の奥にある、人気のないベンチに身を委ね、木漏れ日の中でざわめく木々を、虚《うつ》けたように見つめていた。

彼女はもう二十歳を超えていた筈である。

新井義也について

この手記の著者である父、新井義也は大正十五年一月一五日、新宿区柏木（現在の北新宿）に生まれた。

國学院大学二回生の時、結核を発病し、東京都東村山にあった結核療養所、保生園（現在の新山手病院）に入院した。

当時、未だ死病と称されていた結核によって命を落とし、天国街道を無念に昇っていく療友たちの姿、死と常に隣り合わせの生活の中にありながら、生き生きと命の炎を燃やし続ける人々の生き様は、当時二十を過ぎたばかりの父にとって凄絶な出来事であったであろう。

父は昭和二十五年に保生園を退院し、戦災で焼けた神社を再建、昭和三十一年には隣接する保育園を開園させた。その後は新宿区民生委員、保護司などの地域の職務を精力的にこなしていった。

昭和五十年、心筋梗塞により倒れ、その後十六年に渡り入退院を繰り返す生活を送った。度重なる発作に悩まされながら、自由の効かぬその身と、双肩に背負った数々の責務に対する重圧の狭間の中で、神職者としての立場から、常に真摯な心で死と生に向かい合ってきた。晩年は、物理化学、脳科学、宇宙論の領域まで興味を広げ、独自の死生観、宗教観を確立していった。その思想の中心には、保生園での日々が強く反映されていたと思う。

平成四年四月八日、満開の桜が舞い散る中、父は都内の病院にて永眠した。享年六十六歳であった。

丸田洋子

結核と結核療養所「保生園」

結核は、結核菌が起こす感染症である。
抗生物質の発見以前はほぼ不治の病とされ、高い確率で死に至るため「死病」とも呼ばれた。古くは「労咳《ろうがい》」とも呼ばれ、これで命を落とした人の中には、武田信玄や沖田総司、正岡子規、陸奥宗光、梶井基次郎などがいる。また、新五千円紙幣の肖像である樋口一葉も、結核のために二十四歳で生涯を閉じている。

日本では、昭和十年から二十五年までは死亡原因のトップを占め、まさに「国民病」であった。ほぼ国民の三十人に一人以上が結核を有しているという状況に対処すべく、我が国では昭和十四年五月に、秩父宮妃殿下を総裁として結核予防会が設立された。同年十月には、第一生命保険相互会社から寄付を受けた施設を用いて、本格療養所

「保生園」が東村山の狭山丘陵に開設された。開設当初は結核研究所も併設しており（のちに清瀬に移転）、保生園は結核治療の中心地であった。

本手記を書いた新井義也は、終戦直後の昭和二十一年に保生園に入院し、五年間の療養生活を送った。終戦直後の食糧難の時期であり、筆者も死を覚悟しての入院であった。療養所でも死は隣り合わせの存在であり、「表門から入院して、（死者として）裏門から出て行く」という表現も定着していた。幸い治療の甲斐あって、筆者は昭和二十五年にほぼ完治して退院することが出来たが、それでも、その年の我が国の結核死亡者数は十二万人を超えている。

しかし、この手記を読んでいただければわかるように、患者の多くが生への希望を捨てていない。寮内でのコミュニケーション、演劇や図書館などの文化活動など、保生園には明らかに、療養「生活」があった。筆者は、やがて患者で組織する保友会の文化部長となり、機関紙「魔の山」を発行に携わるが、本家であるトーマス・マンの「魔の山」も、結核を患った青年がスイスのサナトリウムに入院し、さまざまな人との交流、生と死の錯綜のなかで、人間的成長をとげる物語である。筆者と病室をともにした療友も実に多彩な人々であり、その後の筆者の人生に大きな影響を与えた。保生園の退園者が、「保生会」といういきわめて珍しい患者同窓会を組織し、今でも同窓の絆を保っているのも、単なる療友というだけではなく、年齢・性別・職業の壁を越えて人生の一部を共有した戦友であるという実感からくるのであろう。

我が国の結核死亡者数はその後急速に低下、昭和三十年には四万七〇〇〇人を切り、昭和四十五年には一万六〇〇〇人となった。もはや結核は死病ではなくなったのである。そこには抗生物質という医療の発達の恩恵もあろうが、同時にそれを実現させてきた結核予防会の努力に負うところが大きい。

保生園はその後、結核からその他の医療分野も網羅する「保生園病院」となり、平成元年からは「新山手病院」と改称、現在では地域一般医療の要となっている。

なおこの保生園は、宮崎駿の名作アニメ「となりのトトロ」の舞台としても有名である。保生園（現 新山手病院）は狭山の八国山緑地に位置するが、映画でサツキとメイの母が結核で入院しているのが「七国山病院」である。映画でもサツキとメイが病気の母を見舞うシーンがあるが、緑豊かな環境にこの療養所が建っているのが描かれている。現在、新山手病院がある狭山丘陵一帯は、「トトロの森」として保護されている。

現在、結核登録者は年間約三万人で、平成十六年度の死亡者数は二三二八人である。死亡率は八％であり、早期発見と正しい治療を行えば、結核はほぼ完治できる病になった。しかし、結核を死病と呼んだ時代がはるか過去のものになりつつあるとしても、終戦直後にその治療に真摯に向き合った医師・看護婦・スタッフ、そして無念にも天国街道を昇っていった患者たちがいたことは、今なお、我々の心に深く刻まれる。

保生園（現 新山手病院）がある八国山緑地

トトロの森として保護されている狭山丘陵地

謝辞

本手記は、故新井義也が昭和二十一年から二十五年における保生園での療養生活を、本人が退院後に記したものです。本手記の出版にあたり、旧仮名遣いなどの分かりにくい表現、あるいは明らかに錯誤と思われる部分には手を加えましたが、編集は最小限にとどめました。

出版においては、保生会の現会長である大場昇さん、前会長で会誌「保生」編集者の石井荘男さんには大変にお世話になりました。特に石井さんには、本手記を会誌「保生」で取り上げていただいたり、当時の状況をご説明いただくなど、本手記の出版のきっかけを作っていただきました。保友会の元会長である小林義治さんからは、療養生活の様子などを教えていただきました。新山手病院総務課長の根本淳子さんには、関連資料を集めていただいたり、関係者に連絡をとっていただくなどのお力添えをいただきました。また、英治出版社長の原田英治さん、出版プロデューサーの鬼頭譲さんには、編集作業において多くのアドバイスをいただきました。あわせてお礼申し上げます。

なお、故人がまとめた手記自体にはタイトルがなく、いきなり本文が始まっていました。これに『天国街道』というタイトルをつけたのは、それが手記のなかで非常に印象的な言葉であったからです。

この天国街道が、いったい保生園のどこにあり、また現在はどうなっているのかを突き止めることは、本手記の編集段階から私たちの課題でした。筆者が天国街道を窓の外に見ていた隅田寮は昭和五十年に取り壊され、また、保生園が保生園病院、さらに新山手病院となる段階で、敷地のかなりの部分が八国山緑地に移転されています。

幸い、清瀬の結核研究所図書館に所蔵されていた『財団法人結核予防会沿革：附保生園設立及沿革』（昭和十九年）に詳細な保生園配置図があり、現在の地形と照らし合わせることで「天国街道」をようやく特定できました。

天国街道は、現在も八国山緑地内にあります。新山手病院前の道を病院に沿って左（西）に一五〇メートルほど歩くと、小さな祠《ほこら》があります。その祠横の八国山緑地入り口から丘を登ると、一〇〇メートルほどで道が二つに分岐している小さな平地に出ます。ここが、かつて霊安室のあった場所と思われます。そこから病院側に下る細い小道が「天国街道」です。

天国街道は、保生園配置図に描かれているそのままの形で現在もあります。現地でこの事実を確認した瞬間、急に過去と現在がつながり、死と生に毎日向き合っていた当時の筆者の思いを共有した感覚に襲われました。

天国街道を無念にも昇っていかれた方々のご冥福をお祈りいたします。

丸田昭輝・洋子

◆新山手病院ホームページ

http://www31.ocn.ne.jp/~shinyamanote/

◆財団法人 結核予防会ホームページ

http://www.jatahq.org/

◆財団法人 結核予防会結核研究所ホームページ

http://www.jata.or.jp/

◆トトロのふるさと財団ホームページ

http://www.totoro.or.jp/

英治出版からのお知らせ

弊社のホームページ（http://www.eijipress.co.jp/）では、「バーチャル立ち読みサービス」を無料でご提供しています。ここでは、弊社の既刊本を紙の本のイメージそのままで「公開」しています。ぜひ一度、アクセスしてみてください。

天国街道

結核療養所 保生園の日々

発行日 —— 2006年10月7日　第1版　第1刷　発行

著　者 —— 新井義也（あらい・よしや）
編　集 —— 丸田昭輝、丸田洋子

発行人 —— 原田英治
発　行 —— 英治出版株式会社
〒150-0022 東京都渋谷区恵比寿南1-9-12 ピトレスクビル4F
電話：03-5773-0193　FAX：03-5773-0194
URL：http://www.eijipress.co.jp/
出版プロデューサー：鬼頭穣
スタッフ：原田涼子、秋元麻希、高野達成、大西美穂
秋山仁奈子、古屋征紀、真仁田有祐美、森萌子
印　刷 —— 株式会社シナノ
装　幀 —— 荒川伸生

［検印廃止］ISBN4-901234-93-5 C0095